徐东 著

诗人街

SHIRENJIE

中国文史出版社
CHINA CULTURAL AND HISTORICAL PRESS

图书在版编目（ＣＩＰ）数据

诗人街 / 徐东著. -- 北京 ：中国文史出版社，
2019.11
ISBN 978-7-5205-1550-4

Ⅰ．①诗… Ⅱ．①徐… Ⅲ．①短篇小说－小说集－中
国－当代 Ⅳ．①I247.7

中国版本图书馆 CIP 数据核字(2019)第 250584 号

责任编辑：全秋生

出版发行：中国文史出版社
地　　址：北京市海淀区西八里庄路 69 号　　邮编：100142
电　　话：010－81136602　 81136603　　81136606 （发行部）
传　　真：010－81136655
印　　装：北京温林源印刷有限公司
经　　销：全国新华书店
开　　本：787×1092　　1/16
印　　张：14.5　　字数：220 千字
版　　次：2020 年 1 月北京第 1 版
印　　次：2020 年 1 月第 1 次印刷
定　　价：48.00 元

目录

CONTENTS

1

以恋爱为职业的人

轻轻的我走了,正如我轻轻的来!

——徐志摩《再别康桥》

女人以恋爱为职业游走在各大城市之间已经整整十年了。

这一次她来到了南方大都市,住进了诗人街一栋外墙爬满了爬山虎的公寓里。那公寓叫唐诗公寓。像往常一样,她准备在这个地方生活上一段时间。

当她回想起过去时通常用左手握

1

住右手，除此之外，翻阅曾经写下的诗句也可以起到回忆的效果。回忆是种连接过去与现在的方法，有利于确立当下的存在。过去给予她的感受总是一片模糊，不过也恰恰因了那种模糊感使她有着一颗娇柔得像个小女孩的心，使她认为每一寸光阴都像一截水萝卜那样清脆可口。

人人都有权力选择自己喜欢的活法，问题是人们非常好奇那位女人怎么就有了那种把恋爱当成职业的想法。对此女人也没有明确的答案，她从不愿意向别人说起过去，在她看来过去远不如当下重要。如果有谁愿意，她倒是十分乐意和别人谈谈树枝上的小鸟，天空中的云朵，或者一首诗的意境。

女人也不愿意向别人说起她真实的名字，名字只是个代号而已，如果有人乐意，就随意给她起个名字好了。在诗人街上，人们看到她走路时扭腰送胯，身体摇摆得像柳条，起伏得像波浪，便想起了《白蛇传》中张曼玉扮演的小青，于是给她起了个名字叫"小青"。

后来再有人问她的名字时，女人就说："就请叫我小青吧。"

小青走在大街上时，男人们如果不是实在太忙的话都会停下来盯着她欣赏。女人们也会对她倍加关注，想研究她如何引起男人们的注意，不过她们在一起时，都会说小青那样走路实在不是个正经女人的走法，脸上也会露出些鄙夷的表情。

小青经常去的地方是大象酒吧，那儿成了她展开恋爱工作的地方。

不少男人慕名而来，在酒吧里找个地方，看着她和别的男人在一起聊天，同时心里也在咚咚打着小鼓，想着要不要也亲自体验一下和她恋爱的感觉。

凡是要与小青恋爱的人都要会背诵《再别康桥》，那是一条规定。

不知小青在别处让人背的是什么，在诗人街背诵的正是徐志摩先生那首著名的诗。

那就像小青不曾向别人说起过去一样，她也没有向谁解释那是为了什么。也许那只是特设的一道门槛，为的是把一些不懂诗，也不懂浪漫的人拦在门外。

那条另类的规定使小青在人们的心中显得更加特别。

不过，要背过一首大家耳熟能详的诗，对于诗人街上的不少男人来说也不过是小菜一碟，因此不断会有男人背熟了那首诗前来找小青。

有的男人一字一句，像背书的小学生。

有的男人用丹田发气，字正腔圆得像个播音员。

总之大家以各自的方式在小青面前背诵着那首诗:"轻轻的我走了,正如我轻轻的来……"

小青很认真地倾听,也并不是苛刻要求别人一字不差。有时男人忘记了,她还会善意地提示一两句,帮助别人蒙混过关。

那些使和小青交往过的人认为,她是个善解人意且又温柔随和的女人。

通常情况下,小青和男人恋爱时东拉西扯,也会谈起她写下的诗。那些诗又多数是在和别的男人恋爱过程中获得的灵感。即便是不写诗的男人,一般情况下倒也会感兴趣,想看看她把自己究竟写成了什么样子。

小青常常是微笑着的,那种淡淡的微笑使人想到深谷里的幽兰,有着某一种来自想象的香味儿。

小青会笑着对男人说:"就像恋爱一样,写诗也是我工作的内容。或者说我恋爱是为了写诗,诗是一种关于爱的表达。当两个人四目相对时产生一种美妙的、类似灵魂出窍的感觉,那就是一种诗的东西生发出来,或者那就叫诗了!"

不管男人赞不赞同小青的说法,看着她那样美丽可人,都会觉得她的话总是对的。

有那样的感受是美妙的,男人们会觉得,世界上怎么会有像她那样的女人呢。况且她那样的女人,仅仅需要你会背一首诗就可以与你恋爱,而且还会为你写下或长或短的诗歌,想一想真是太不可思议了。

在小青看来,一个人对于另一个人来说是有意义的,关键是要去发现那种意义。她为不同的男人写下了不同的诗,那就是对彼此有意义的证明。而恋爱,也不过是一种可以借助的形式。

既然把恋爱当成一种职业,小青也需要获得一定的报酬。

男人可以通过付费看到她为自己、为别人写下的诗。要价也不算太贵,一两百块一首就可以了。如果需要她亲手抄上一首关于自己的诗,那就再多付一两百块。

男人们也非常理解,因为小青也不是餐风饮露的仙子,在城市中生活也需要那些钱来交房租和应付日常开支。而且在收到钱后,小青还会主动拥抱一下对方,用甜美动听得如黄鹂鸟一样的声音道谢。

有些男人会不好意思把钱那种与诗相悖的东西交到她的手中,那无形中会使他们感觉钱使人与人之间的关系变得僵化生硬。小青喜欢有那种感受的男人,觉得他们看重的是情义,而不是金钱。

有些男人也会给小青写诗,自然也不乏相当优秀的诗人,写出了能够打动她的诗句。对于那样的诗人,小青会主动轻吻对方的脸颊，以示赞赏，甚至会请诗人喝杯咖啡，吃顿简单的饭。

不过，有的男人想扮演个痴情男子的角色，想要和小青长久地保持恋爱关系，最好是能娶她为妻。问题是小青并不愿意长久地和任何一个男人保持关系。

她会对那样的男人说："我喜欢在爱之中，就如鱼在水中，鸟在空中。你可以为我写诗，必要时我也会回复。对于互赠的诗歌，我是不收费用的。你如果有心情，也可以请我吃顿饭，看场电影，只要我有空闲。不过我需要不断地和不同的人恋爱，那是我的工作！"

有的男人家境优裕，因此会说："与你在一起美好得像做梦，实在是不愿意醒来。我是不差钱的，而且也单身，在将来总归是要娶个女人的。如果你愿意和我在一起，你就可以衣食无忧，专心一意地写你的诗了，你看怎么样？"

小青思忖片刻说："感谢你能这样说。一个男人愿意娶一个女人，那是对女人最可贵的表达。问题是我不能为了一个人放弃那些喜欢我、爱我，想要与我恋爱的男人。对于我来说，另外一些男人和你一样可贵和美好。当然这世上也有不少女人比我还要美丽可爱，她们比我要更适合结婚，更适合你。"

要说服一个动了真情的男人可并不是太容易，因为如果小青一味拒绝，那就意味着她把恋爱当成一场游戏，无形中欺骗了别人。她是无意欺骗别人的，在与人恋爱的时候，她确实是在投入地与别人恋爱，只是通常没有谁能够有足够强的爱的力量使她能够完全敞开，把自己交给对方。

通常情况下，男人们不会满足于和她纸上谈兵，他们还会提出一些非分的要求。虽说小青并不太拒绝别人的握手和拥抱，但却不让人随便亲吻。因为那不是太卫生，也会有损心灵的纯粹。

来诗人街不到半年的时间里，至少有十个男人深深地爱上并迷恋着小青。有的人为她痛哭流涕，有的人为她茶饭不思，有的人为她要跳楼自杀，有的人为了她和别的男人打架。对不同的男人，小青有不同的说辞，最终使男人相信，爱是一种燃烧的纯粹，而欲望是一种毁灭的破坏。最好的爱就像诗里说的——挥一挥衣袖，不带走一片云彩。

有些豁达的男人终于会认识到，既然小青那样美好，没有资格永远成为她的恋人，就退一步和她成了朋友。

"小青，有空儿吗，和我去看场电影吧！"

"好啊，只要你愿意！"

"小青，可以陪我走走公园吗？"

"好啊，只要你不担心被你的老婆看见！"

"小青，我为你又写了一首诗！"

"好啊，请念给我听听吧！"

"小青，我想和你聊聊人生！"

"随时欢迎来大象酒吧！"

对于每位前来和自己恋爱的男人，小青都会像个小姑娘那样投入热情，付出真心。问题是，一段时间后她只能把对方当成朋友。

不对称的恋爱无法维持下去，男人们也为没有能力获取她的芳心，让她心甘情愿地成为自己的恋人而惋惜。他们清楚，如果一味坚持则会暴露自己痴愚而顽固的一面，会被人瞧不起，因此也不会过分纠缠。

小青和别人在一起有说有笑，开得起各种玩笑，不过在她一个人的时候，有多数时间是用来忧伤和难过的。她需要沉淀情感，获得思想，以便于能写下一两行诗句，那样的时刻纯朗沉静。此外她每到一个地方都会种下一粒花种，看着它生长开花，花败时通常也是她要离开的时候。因为在一个地方待得太久，恋爱过的对象太多总归不是一件好事。

小青在诗人街种下的是一株萝卜。她看着那株萝卜一天天长大，也会想起那些和自己谈过恋爱的男人，最终觉得所有的男人都有着自身的局限性，人反倒不如一株萝卜那样自然单纯。人是一种有思想感情的动物，对别人总会有欲望和目的，两个人在一起有时开心，有时只不过是一种假象，是暂时的自我融在别人的自我当中，而那会使人不知不觉变得虚伪。

除了男人，也会有女人慕名而来。

有的怀着虔诚的心想在小青这儿取取经，也想像她那样不断地去谈恋爱；有的还带着几分敌意，想从她的话中套出自家男人的丑事；有的纯粹是无聊，想要与小青交个可以聊天的朋友。小青并不太乐意和女人在一起，却又觉得不该对她们全然拒之门外。她同样让女人们背那首诗，那是交流的前提条件。

有的女人背了，便有了和她一起聊的机会；也曾经有个女人不愿意背诗，硬是坐在小青对面没话找话地不愿离开。小青不愿意和不守规定的女人聊天，结果女人恼羞成怒，站起身指着小青的鼻子破口大骂，难听的话骂了足足有五六分钟。小青倒是个好脾气，不还口，也还微微笑着，就像看别人表演。

女人见她像没事儿人一样，越发生气了，扑上来要把她给撕了。

排队等着与小青恋爱的男人自然也不会答应。

一位身材高大、长相也挺英俊的青年人走过来，劝着、架着把那个女人给请走了。

小青微笑着像坐在莲花宝座上的菩萨，她对那位叫康桥的男人说："你的名字竟然叫康桥，想来你也会背那首诗了！"

"我刚好姓康，名是我当语文教师的父亲为我起的。当然，我十几岁时对那首诗就相当熟悉了！"

"既然如此，那我们就开始吧。"

"不过你允许的话，我倒想背另一首。因为每个人都背那同样的一首，你听得太多也许会厌倦。我还会背徐志摩先生的另一首《偶然》，就让这首诗作为我们交流的开始吧！"

"好啊，只要你愿意！"

康桥的声音既不像小学生背书，也不像播音员，他有自己动听的，像小桥流水式的那种声音：

> 我是天空里的一片云，
>
> 偶尔投映在你的波心——
>
> 你不必讶异，
>
> 更无须欢喜——
>
> 在转瞬间消灭了踪影。
>
>
> 你我相逢在黑夜的海上，

你有你的，我有我的，方向；

你记得也好，

最好你忘掉，

在这交会时互放的光亮！

"嗯，你的声音真好听，你的声音好听得像你的人一样，好看。真是太难得了，请你谈一谈这首诗好吗？"

"诗是不能用来谈论的，对于一个真正爱诗的人来说他应当杜绝谈论诗歌。不过既然你提出来了，我也就简单说一下。这首诗说明爱一个人未必一定非得有个结果，结果常常会让诗意荡然无存。就像我来找你，我们也未必一定要通过恋爱达到什么目的。面对面坐在一起聊聊天，对对方产生一些爱的感觉这就足够美好了。可以说这是慈悲的上天对我们的一种恩赐。"

"说得真好，如果我没猜错的话，你应该是位优秀的诗人。"

"现在说优秀可能还为时过早，可以说我是这个世上为数不太多的以写诗为职业的人。为了能专心一意地写诗，我可是什么事都干得出来。"

"看来出来，你的眼睛贼亮！"

"那是因为看着你的缘故！"

"你很会说话，你是从什么地方听到我的消息的？"

"从一位诗人朋友那儿听说了你。我是从别的城市来到了这儿，有三天了。我曾经在大街上看到过你，你知道吗，在看到你第一眼时我的心里难过了一下！"

　　"为什么？"

　　"当时我在想，你走路的样子真是特别，可以说你是天下最有味道和风情的女人，你简直像伊甸园里的那条诱惑之蛇。另外我听说了你的事之后想，在这个世界上大约只有你活成了自己的想象，这是多么难得啊！"

　　"我无意对别人构成诱惑，我也无法限制别人怎么看我！"

　　"你强烈地吸引着我，使我认为我们应该有一段恋情。我知道你不愿讲述你的过去，我也无意打探。活成自己的想象，这也正是我的想法。我是一个追求失败的人，因为世上每个人都在追求成功，我觉得特别没有意思。"

　　"追求失败？这个想法很特别——但我答应和你恋爱的话，你不是就获得成功了吗！"

　　"你当然也可以不答应。我的意思是，一个失败者在人面前能够使人很舒服，而这就是我的成功之处！"

　　"这样说来，你仍然是个成功的人！"

　　"我是一个以失败为荣的人，不过成功是人生无法避免的一种存在，就像吃饭一样，每吃上一顿也都可以说是一种成功！"

"你可真有意思！"

"彼此彼此，我佩服你能够把恋爱当成职业，让那些男人为你神魂颠倒！"

"我希望遇到一个让我神魂颠倒的男人，那应该是我的幸运，不是吗？"

"他已经来了，就在你的面前！"

小青忍不住笑了。

由于两个人聊得相当投机，小青把康桥带回了公寓。

最主要的是康桥坚持要去她住的地方看看。他那样说时，小青在心里很不情愿地想，自己也许会爱上这个叫康桥的人。

康桥坐在小青公寓房间里的沙发上，扬着弯弯的眉说："你是独一无二的，像我一样。我很庆幸遇到了你。或许爱上一个人只是一瞬间的事，可以说我现在爱上了你！这样的后果会很严重，因为这使我会对你产生欲望，而我又是一个讨厌有欲望的人！"

小青半是试探，半是真诚地说："来诗人街这儿快半年时间了，你是第一个被我带到这儿的男人。不过你既然是个追求失败的人，我想你也不具有什么危险。即使你爱上了，最好是爱过了就说再见！因为人都有局限性，难以为他人改变。一个人强求别人为自己改变也是不应该的！"

"也许是这样，不过，一个人真正爱上一个人的话我也可以考虑做出一些让步。实话说，在过去我一直扮演着一个骗子的角色，骗了不少女人，因为我觉得她们希望我骗。"

"我完全相信，你凭着花言巧语和英俊潇洒的外表，一定会频频得手！这样说来你也打算骗我了？"

"可以说，我对你之所以那样坦诚，是因为我在你这儿动了真情。我甚至在想，如果我们在一起生活，那将会面临生存的压力，那样即使我们相爱也会使爱受到影响，因为没有谁只恋爱却不需要吃饭！"

"你倒是挺真诚，这么说你打算为了一个女人金盆洗手？"

"我还不能确定，但我有了那样的意愿。因为，在欺骗别人的同时我也厌倦了自己，尽管女人也曾给我带来爱的感受、温存和满足，但最终我却觉得自己成了一个道德败坏的人，那使我感到无法拥有诗人应有的纯粹。人不该受身体的支配，而是应该听从心灵的指引！"

"你怎么看待你的身体，或者说欲望？"

"身体是寄居着我们灵魂的一间小房子，欲望是其中的一只小宠物。当两个人合在一起时也许会有诗句产生，也许什么都没有！不过我还是愿意和你试一下，如果你不反对的话，因为你是那样性感迷人，不仅引起我身体的反应，重要的是使我的心灵对你产生了爱恋！"

小青觉得康桥既真实又有趣，和别的男人很不一样，因此也愿意和他尝试一下身体与身体的游戏。两个人又经过一番真诚而深入的交流后，最终都脱光了衣服，在灯光下相互打量起对方：都是美丽的赤裸裸的身体，美得令彼此感动。在相互望着时，他们感到对方的灵魂从身体中溜了出来，飘浮在房间上空，就像两只蝙蝠那样在俯视着他们。

他们无边无际的孤单与寂寞需要对方的慰藉，于是很自然地就拥抱在一起。拥抱时彼此的影子交汇在一起，而亲吻与抚摸如同小偷想要从对方身上偷走珍宝，只不过他们都愿意偷走对方的一些，付出自己的一些，以便对生命和爱有新鲜的认识和感受。

可以说那是一场全心全意、倾情倾力的交欢，彼此都有了一种缠绵而又酣畅的满足感。

"每一次欢爱过后我都会有一种自欺欺人的感受。"康桥对躺在他身边的小青说，"我来给你背诵一下《再别康桥》吧！背完我就离开。我无法忍受睡在女人身边，哪怕我再爱一个女人——因为我是一个追求失败的人。"

"我十分理解，你现在就可以离开！"

"你真的能理解吗，我是说，你体会到我已经爱过你了吗？"

"你走吧，既然你现在想要离开。"

"我这么说吧，现在我感到自己就像一只公蝎子，如果继续躺在你身边很可能会被你吃掉！当然这是我的一种感受，一个比喻！"

"好吧，你这只可怜的公蝎子，赶紧逃命去吧！"

"试想一下，如果我们都把爱情当职业，可以相互包容呢？我是说有一天我也许会适应和你躺在同一张床上，这是说不定的事！我是说，你完全可以挽留我一下！"

"我何必让你为难呢？仔细想一想的话，我也没办法为了一个人放下诗歌和自由，所以你还是走吧！"

"你应该理解，我们诗人的感受和普通人可能不太一样。诗人需要自由，不想被任何人、任何感情束缚！"

"我当然理解，你走吧！"

"我是一个追求失败的人……"

"滚，滚吧，你这个喜欢失败的、令人讨厌的人！"

康桥穿好衣服，灰溜溜地走出去了。

外面的夜色在城市灯光的映照下显得迷离而神秘，让他忧伤而又难过。

他站在楼下，想过回去敲小青的门，因为他能感觉到小青在期待着他回去。如果他能回去对她死皮赖脸地纠缠一番，说不定她也会为他放弃自己的一些想法。问题是那样他就会觉得陷入了一种无法预想的两个人的生活，彼此都将不自由。再说他已经走出来了，就像一件事已经结束了，他得承认那个结果。

　　小青不想在诗人街上再看到以失败为人生目标的康桥，她决定到别的地方去。

　　走的时候，小青把那盆种着萝卜的花盆搬到了大象酒吧。

　　酒吧的老板，独眼的老武问："你要走了吗？"

　　小青笑了笑说："是啊，我得走了。说不定过一段时间我回来时它还在，请别忘记帮我浇水。"

　　老武点头答应了。

　　后来，没有谁知道小青的去向，也许她在别处仍会继续着恋爱和写诗的美妙工作，只是不知道还叫不叫小青。

　　康桥坐在小青经常坐着的一个靠窗的地方，看着那株萝卜时认为，爱一个人在心里想着就好，不一定非要和她在一起，因此小青的离开再恰当不过了。

　　他还曾放出话去，要接替了小青的恋爱工作，前来恋爱的女人不必背诵《再别康桥》，只需手握一束鲜花即可。

　　问题是女人们可不像男人那样可以放得开，她们怕别人的风言风语，因此他的想法也没有实现，那使他又体验到一回失败的感觉。

小青走了，她那柳条和水波样的身影在诗人街上再也看不到了。女人们想起她会有着莫名的高兴，男人们想起她会有着莫名的忧愁。不管是男人和女人，他们和爱人亲热时只要想到小青就会变得更加有激情和爱意。

在远处的小青也许根本没有想到这一点，人有时意识不到自己对别人所起到的作用。

不要踩着蜗牛

诗人啊，你一定要当心
不要踩着蜗牛！

——康桥

追求失败的人康桥不得不考虑生
存的时候，顺利地成了蜗牛书吧的员
工，有了一个免费吃住的地方，每个
月还有些可供零花的工资。

他是个高个儿。

书吧里还有一位员工是外号叫蜗
牛的小矮人，而老板则是个被人称为

贵妃的胖女人。

蜗牛书吧倒也不是以蜗牛的外号命名的，在他来诗人街之前就有了那个书吧。

以前的书吧老板是个长相还算英俊的男人，是贵妃的丈夫老樊，但他三年前迷上了一位有夫之妇，不管不顾地和她私奔了。

蜗牛是位行动缓慢、不苟言笑的人，举手投足间让人联想到童话故事里的国王。贵妃喜欢蜗牛像个孩子似的身高，平时看到他就觉得亲切，尤其是他用粗哑的嗓子唱歌时，每次听到她的心里都会滚过一股股暖流。

有一次贵妃建议说："我的男人走了，书吧里正需要一个帮手，如果你愿意的话就来这儿上班吧，在我心烦时你还可以为我唱上一首消愁解闷的歌儿。"

蜗牛也喜欢贵妃，觉得她那样赏识自己，如果再拒绝的话就太不识相了。

由于蜗牛个头矮小，来书吧的一些人在和他说话时总喜欢用手摸他的光头，也总是给他开些也许并无恶意的玩笑。蜗牛为此深感烦恼，他希望能通过获得某种成功来改变那种局面，像个正常人那样受到别人的尊重。

为此他戴上了一顶宽边礼帽，对别人更加彬彬有礼，试图通过那样的努力让别人与他保持应有的距离。

不过别人看到他那样，就越发想笑，想要逗他开心。

贵妃由于胖得像只母熊，走路时胳膊和大腿向四方伸开，有人迎面走向她时，得夸张地歪着身子让她通过。有位喜欢打赌的诗人对别人说，从贵妃的下面往上看，她的肚子和硕大的胸会让人看不到她的脸。

结果先后有五六个人趴到地下往上看，试图看到她的脸，最终他们只好承认是那位诗人赢了。

贵妃是个善良大度的人，并不在意男人们的恶作剧，她觉得人活着只要开心就好，只要别人开心她也就开心了。

蜗牛把贵妃当成自己心仪的对象，虽说看不惯那样的人，但他人微言轻，也没有更好的办法来改变别人。

蜗牛书吧每个周末下午都会举办一次诗人聚会。聚会的消费由生意做得非常成功的某位诗人出资赞助。由于是免费的，会有不少诗人前来，和那些诗歌同行们一起相互交流。诗人们见解不一时也会脸红脖子粗地争吵起来，大打出手也是常事儿，那样就会把书吧搞得一团糟。蜗牛个头矮小，没有能力控制局面，贵妃只好又请了康桥。

康桥来到店里不久，为蜗牛写过一首短诗：

　　诗人啊，你一定要当心

　　不要踩着蜗牛！

蜗牛是个有心人，他挺喜欢那首诗，因此就自掏腰包请了一位当地有名的书法家，写成了书法作品，拿去装裱后挂在了书吧。

他希望能对前来书吧总不把他当成一回事儿的人起到警示的作用。

来书吧的人通常也会站在那副书法作品前念上一念，虽说那是两句看似平淡无奇的诗，不过不同的人看后却有着不同的理解。

有爱好诗歌的人挑毛病说："为什么不把'诗人啊'改成'人啊'，那样所指更广，提示不是诗人的人们也要当心走路，爱护小生灵。"

有位诗人立马反对说："那样所指太泛就容易失去对象，还是用'诗人啊'好，但我建议再加上一句——因为蜗牛也是你的亲人！"

有人在一旁沉思着说："这已经是一首短小精美，耐人寻味的好诗，何必再画蛇添足？蜗牛这个意象太好了，它的特点是慢，在这个什么都讲究快的时代，人们看上去活得更多，实际上活得更少，人们不过是被飞速发展的时代绑架着一味地向前罢了。"

康桥对那个人的话也表示赞同，他说："也许该发起一场'蜗牛运动'，通过一场行为艺术向世人表明，慢生活有助于人真正认识物质世界与精神世界，个人与人类的整体关系。认识到这一点很重要，那样人们就不用盲目地去追求各种各样的成功，可以实实在在地过一种诗意的生活了。"

有人想听听贵妃对那首诗的看法。

贵妃看了一眼康桥说："我同意康桥的说法，以后凡是来书吧的人都可以放慢行动，说话、走路、翻书、喝茶、吃点心，就像电影里的慢镜头那样，大家说说，这是不是也是件挺有意思的事？"

一位诗人立马响应，缓缓端起茶杯，体验了一会儿说："我刚慢下来一小会儿，就看到了以前不曾留心的茶的热气和颜色。可以说慢下来能让我们发现时光在向我们的身上聚集，在真正属于我们，而当我们快起来时却会发现，我们到过的地方多了，穿越的空间多了，而我们却被空间无形中分割，失去了对时间应有的感受。"

康桥点点头说："时间中有空间，空间中有时间，这两者中间有神仙。只有我们慢下来才能与其对话！诗人只有注意到自身的存在之慢，才能更好地关照他人的存在。因此也可以说，诗人的工作不是使人类更快，而是使人类慢下来，倾听神灵的声音。这样有什么好处呢？大家都能听到神灵之声的话，就能相处得更加和谐美妙，世界也将因此变得更加美好！"

大家在书吧的空地上立马开始体验快与慢的关系，渐渐都体验到了慢的好处，只是很多人还只是把那当成一场游戏，并没有真正从思想上引起重视。

不过那样的讨论使蜗牛有了灵感，他的心里有了想法，他想要做一场关于慢的行为艺术表演了。

当蜗牛把自己的想法说出来后，大家都觉得那是个有意思也挺有意义的事情，纷纷表示愿意参与一下。

大家的态度给了蜗牛信心。

经过蜗牛多方游说，最后有两百个人确定了愿意参加活动。

在贵妃的帮助下，也找到了一家企业赞助了活动的费用。

活动当天，蜗牛请来了专业摄影师，也请来了一些媒体的记者过来见证报道他的活动。活动说来也简单，凡是参加活动的人穿同种色调的、印着蜗牛图标的服装，头上戴着一顶带触须的礼帽，一起趴在地上由蜗牛在前面带着大家缓慢地爬了一米的距离。

蜗牛想要通过那样一场大型的活动来证明自己是个有组织能力、有影响力的人物。

活动过后，蜗牛在事先搭好的台子上用麦克风唱了几首能打动人的流行歌曲，把一些远远近近的人吸引过来，然后发表了郑重而简短的演说：

先生们，女士们。我们刚刚进行了一场史无前例的活动。我们用了四十五分钟向前行进了一米的距离，这是人类史上具有历史性的一米。我们向人类揭示了一条真理：慢有助于人认真关注自己，倾听神灵之声。感谢大家的参与，你们将会成为作品的一部分，被广为人知。

当地的报纸、电视台、网站对活动进行了报道，报道的内容以各种渠道和方式迅速而广泛地传播开来。有不少看到报道的人受到影响，放慢了匆匆的脚步，放下了手头赶着的工作，慢悠悠地泡上一壶茶，反思了过去的那种几乎意识不到自我的生活。

也有人看过就看过了，依然在既定的人生轨道上像一列旧火车那样"哐当哐当"地前行。

一个月后有位姓李的、留着大胡子的著名收藏家看出蜗牛作品的价值，来到了诗人街，在蜗牛书吧与蜗牛见了面，他表示要收购那场行为艺术活动的成果——几张放大了的艺术摄影作品。

两个人单独进行了一场交流，蜗牛最终决定卖掉他的作品。

一周后，收藏家和蜗牛一起请来了世界各地的媒体记者，在那些记者面前，蜗牛又发表了一通演说：

　　各位媒体的朋友，大家下午好！李先生是位全球著名的大收藏家，他对不久前在诗人街进行的那场行为艺术颇感兴趣，愿意用一个亿收藏活动过程中所形成的作品。虽说几幅照片看上去并不值那么多钱，但我要告诉大家的是，我出售的不是照片，而是照片所展示的内容。换句话说，我出售的是一种无价的生活方式。随着时间如长江之水滚滚向前，我们的文化和经济生活在我们的感受中不断发酵，我们会越来越认识到，缓慢爬行的蜗牛正是我们人类学习的榜样，而那些过着慢生活的人，才是真正富有的人，才是人生最大的赢家！

　　一阵掌声过后，有位女记者问："请问蜗牛先生，你打算怎么用那即将到手的一个亿？"

　　"我打算娶一个热爱诗歌、能够和我一起慢下来过一生的女人做我的妻子。当然这一个亿我只占有六千万，其余的四千万我要分给我的老板，令人尊敬的蜗牛书吧的老板贵妃，她为这场活动付出了很多。"

　　"您愿意把那六千万花在什么样的女人身上？"

　　"我视金钱如粪土，所以我的妻子也不会是视钱如命的女人。不过我可以保证让她过上舒适的写诗生活。顺便说一下，有才华的诗人都应该过上富足的生活，至少不用为了衣食生存而耽误了对诗歌的研究和创作，因为诗人的工作是关乎人类精神建构的伟大工作！可悲可叹的是，当今只有极少数的人才意识到这个问题。"

一位男记者说："蜗牛先生，可以说您是一位另类，您认为那场行为艺术真的能对普罗大众起到引导作用吗？我们国家的人们慢下来，而别的国家的人们仍在追求着速度和效率，忙着发展经济和文化，唯恐落后于人，我们慢下来就等于是落后了，那不是面临着被别国欺负的危险吗？"

"作为艺术家要永远站在全人类的角度，而不是站在某一国家，某一民族的角度去看问题。作为一个行为艺术家，我希望将来取消国家的存在，各族人民亲如一家，大家一起努力把地球变成一个环境优美、文明程度相当高的地球村。实话说，互联网的出现已经昭示出这种可能，将来会有那一天的。固然，你说的是个事实，我们不能违背历史的发展规律，让历史的悲剧重演。然而，作为艺术家的我们却可以先行一步，有责任让更多的人意识到，我们需要和平，需要文明，需要爱，而这些只有我们慢下来才能更好地体会到！"

"OK，蜗牛先生，祝您早日找到称心如意的人生伴侣，也祝您早日实现伟大的设想！"

蜗牛果然如心所愿，成了名人。

成了名人不假，成为富翁却还谈不上，因为那位收藏作品的李先生需要向外界造势，以证实他有雄厚的经济实力，他和蜗牛事先是有过协议的，并没有把钱真正给他。

　　不过人出了名很快也就有了发财的机会。

　　由于蜗牛的形象有着容易让人过目不忘的效果，一些产品的厂商和大型网站的运营商很快找到了他，出了不菲的价格请他做广告代言人。

　　当初是康桥为蜗牛策划了活动，又为他联系了收藏家李先生。虽说主意是他出的，但他并不想从蜗牛的收益中分一杯羹。他追求的不是金钱，并且他认为，如果一个人的钱过多的话，那容易使他有一种成功者的心理，而他是一个追求失败的人，他所需要的仅仅是能够生活下去，把写诗这项重要工作进行下去就好了。

　　有小半年的时间，蜗牛成天在赶往机场的路上，他去一个个合作单位，见一个个重要的人，可以说忙得不可开交，焦头烂额。

　　那样忙碌的成果自然是显赫的，蜗牛成了真正的有钱人。

　　出于对贵妃的信任和爱恋，蜗牛最初建议由她来管理自己的收入，贵妃也爽快地答应了。只是变成有钱人的蜗牛不再适合继续窝在蜗牛书吧，当个并不太称职的服务员，那与他的身份也越来越不再相称。

蜗牛和贵妃一起去看房，最终在海边看上了一套海景别墅，大方地买了下来。接下来他又有了一辆豪华汽车，还雇请了一位身高一米八以上、模样俊俏的女司机为他开车。

贵妃看到那位相貌出众、身材苗条的女司机，心里对蜗牛有了意见，因为那无形中把她给比下去了。

对此蜗牛只能请她多加担待，因为作为一个小矮人，他需要个高个儿的人为他撑撑门面。

由于谁都知道了蜗牛成了有钱人，个人人身的安全也得考虑，因此蜗牛又请了两位身高体壮的男保镖来保护自己。

一侧有女司机陪伴，后面有两个壮汉跟班的蜗牛走在诗人街上时，所有的人都对他刮目相看了。

那时有人发现，原来走路很慢的蜗牛竟然迈动着短短的双腿，也快了起来。

诗人街上的人谁都没想到蜗牛竟然会取得那样的成功。那些老爱拍他的脑袋的人觉得再也不能像以前那样拍了。那些经常拿他开玩笑的人也觉得再也不能像以前那样随便打趣说笑他了。就连以前的老板贵妃，他的同事康桥也不得不把他当成个人物来看待了。

蜗牛被架了起来，成为衣着光鲜、有人保驾的、像国王一样的人物了，那是个事实。

不过，一个在自己身边的熟人突然发迹，谁都会感到不太舒服，他们还是喜欢以前的蜗牛。

志得意满的蜗牛向贵妃求婚，然而贵妃却没有答应。一方面她的男人老樊只是和别人私奔了，他们还没有解除婚姻关系，说不定哪天他还会回来。另一方面蜗牛再成功，再有钱，也还只是个像个小孩子似的小矮人。还有一个原因是，那时贵妃的心里有了康桥，那个追求失败的人英俊帅气，看着都使她感到舒服。

贵妃把自己掌管的银行卡号交给了蜗牛说："一个追求慢的人快了起来，一个落魄的人获得了成功，他也就不再是原来的他了。抱歉我没法儿答应你的请求，你的钱还是交给你来支配吧。我祝你好运，蜗牛！"

蜗牛非常失落，但也只能承认那样的现实。那时他决心大干一场，用更大的成功向别人证明自己。

不久，他又成立了一家公司，在十分高档的商业地段租了一个场地，高薪聘请了一批学历高、能力强的员工为他工作。

他打算准备拍几部像样的影视剧，为此他请来了著名的导演和一些当红的演员，带着他们去与一些富豪见面，请他们出资当制片人。

那时的蜗牛即便想继续保持着原来的慢生活也不大现实了，因为总有许多人找他。有的谈工作，有的谈合作，也总是有很多事情需要他亲自去做。

蜗牛自我解嘲地认为，"慢"只是个相对的概念，为了让更多的人慢下来，他必须先得快起来。

那些来蜗牛书吧的人讨论过蜗牛的变化，他们认为，成功与富有无形中会使人迷失，蜗牛就是很好的例子。

还有人抱怨，说已经做大做强、成了人物的蜗牛至少应该请他们吃顿饭，应该保持点儿低调，因为当初他做的那场活动他们也参与了。他们希望贵妃联系一下蜗牛，要他请大家吃饭，顺便聊聊。

贵妃却不愿意和功成名就的蜗牛见面，后来就连康桥给蜗牛写的那两句诗也看不顺眼了。

贵妃对康桥说："既然蜗牛都走了，就请你把那副字给摘下来吧。'别踩着蜗牛'，当初你是怎么想出那样的句子来的，你看现在谁还能踩得着他，他都飞到了天上！"

康桥想了想说："当时我觉得他个头那么小，没有哪个女人会喜欢他，也挺可怜的。另外我也看得出，他对那些总是招惹他、欺负他的人感到不满。我认为他是个天生就失败的人，因此我就想善意地提醒别人，要善待他。现在看来，我写的那首诗不再适合他了！"

"我打心眼里喜欢你这样善良的好人，如果向我求婚的人是你那该多么好啊！"

"如果你不会答应的话，也许我会试一试。因为我是一个追求失败的人，我对所有的成功者保持着一种他们看不起失败者的那种不屑一顾的态度。蜗牛成功了，我也便不再像以前那样喜欢他了。不过我不喜欢自己不喜欢别人的感觉，那会使我觉得是在嫉妒别人的成功，而我是个追求失败的人！"

"你真是一个特别的人，我都不知道该如何去理解你的话。你看我这么胖，在这个以瘦为美的时代里，也是一种失败吧。这么说来，我们也算是同病相怜喽！"

"在我的心中，胖一点是种让人感到踏实的美。对于蜗牛，他能有今天你可没少帮他。不过成功的人总是有很多势利的人围着他转，渐渐地，他还会养成只向上看不向下看、只愿意向前看不愿意向后看的坏毛病，那会使他意识不到自己真正的存在，也会使他否定自己的过去。所以我喜欢以失败的面目示人，那会使我对弱者保持怜悯，觉得他们是我的同类，我会因此而感到丰富！诗人里尔克有一句诗很好——穷是穷人从内部散发出来的光辉！真是说得太好了啊！"

"不过我总觉得你有一天也会功成名就，名满天下的，如果那一天到来，你也会像蜗牛那样吗？"

　　"问题是我不想追求成功，即使有一天我不得不被人推往成功的宝位，我也很快会在众人的视线中消失。因为在人人都想追求成功的社会中活着太没意思了，在我看来，在那样的风口浪尖上如同被架在火上烤一样！"

　　"可你是一个优秀的、成功的诗人，不知道多少年轻貌美的女人在私底下打你的主意！"

　　"那只能说明我像唐僧一样使她们迷信地认为，吃了我的肉就可以益寿延年，长生不老。我相信一切都是暂时的，我最终会是个失败的诗人！你现在不是看着我写给蜗牛的诗就不舒服了吗！因为他高高在上，所以你，不只是你，也包括我，现在就想把他狠狠地踩到脚下！从这个意义上讲，我们都是失败的人！"

　　"你真有意思，可怎么样才能做一个不失败的人呢？"

　　"追求失败，就是一种成功！"

　　"我今天发现你很有深度，而你的这种深度使我感到你应该是一个哲学家！"

　　"或许我是个预言家，我相信有一天蜗牛还会回到这儿来！当然这只是我的一种感觉，要我说，你也不要太把这副字当回事儿！"

"既然如此，那就让那副字继续挂在那儿吧。不管蜗牛再怎样成功，也还是个让人可怜的小矮人！"

果然，过了还不到半年时间，蜗牛的公司就倒闭了。

他所有的产业变成钱还了银行的贷款，还欠了外面不少债。当初围着他团团转的那些人都离开了他，蜗牛连吃饭住宿都成了问题时，他又回到了诗人街，做起了卖唱的歌手。

照说他可以去别处，省得别人嘲笑他，挖苦他，看不起他，把他踩到脚下，但他还是在诗人街留了下来，因为贵妃在他的心中仍然是一位亲人。

好在贵妃是位善良的女人，最看不得别人落魄受苦，因此她还是敞开胸怀接受了他。

康桥也乐意和蜗牛继续共事，他从路边捡回来一只蜗牛，送给蜗牛说："看着它吧，有一天你会发现，它是你的亲人。如果你有了那样的感觉，那说明对自己有了新的认识！"

蜗牛说："除了我，你应该是诗人街最棒的诗人！"

"可从来没有人看到过你写的诗啊！"

"诗是不能拿给同时代的人看的，他们不会理解！"

"你的这个想法很有深度啊，一般人比不上！"

"可以说我不是'蜗牛'，而是一只孕育着珍珠的蚌！"

"好吧，以后我们都叫你'蛤蜊'！"

贵妃在一边听着两个人的对话，笑了。她觉得蜗牛书吧少了蜗牛还真是觉得少了点儿什么，有他在就有了很多意趣。

好在蜗牛又慢了下来，成为原来的那个他，人们又在心里接受了他那样的存在。

诗人们定期的聚会仍会举行，诗人们见到了蜗牛仍然会跟他开玩笑，用手摘掉他的帽子，摸摸他光光的脑袋。不过，在康桥看来，蜗牛还是有一变化，他像位失去了王位的国王，有着一种更加缓慢而从容的贵气，大家的确应该对他多一些尊重，谁知道哪一天他会不会东山再起呢！

追求失败的人

成功是失败之母。

——贵妃

世上充满着追求成功的人，康桥却总是对别人说："我是个追求失败的人！"

他对着别人说，也对着镜子说。说得多了，他便相信自己确实是个追求失败的人，那很特别。问题是，他总是会获得这样那样的、大大小小的成功，这使他不胜烦恼。

例如他作为一个内心里有着诗情画意的人，会需要新鲜的、可以激发他生命活力的爱情——尽管爱情由于并非具有想象中的永恒，使他不太乐意相信，可他还是会去追求。

他有意无意间追求过许许多多的女人，可他与每个女人的关系都无法保持长久。每个人的想法和活法都是不一样的，到最后分手往往是最好的选择。康桥习惯了分手，并认为在这个世界上再也没有一个女人可以使他心甘情愿放弃别的女人了。

一份工作做得太久，也会令康桥厌倦。通常在有了一笔可以使他逍遥度日的钱之后，他就会放弃工作，去往另一个地方，去认识另一些人。在花光所有的钱之后，他就再去重新找一份工作。在他看来，经历远比人们所追求的成功重要。

康桥在诗人街的蜗牛书吧工作了将近一年时间，可以说那是一份惬意的、令他满意的工作。问题是，那份工作做得还是太久了，再继续做下去便会有损于他对失败的追求。再说他的手头上已经有了一些钱，可以使他过上一段不需要工作的日子了，他为什么一定要把那份工作做下去呢，于是他决定辞职。

在辞职之前，他也在想着要不要和那位外号叫贵妃的女老板发生一场短暂的爱情，因为他看得出，贵妃对他有意思。

贵妃是个肥美人，身上有些多得过分的肉使康桥有种埋藏在其中的渴望，而他也清楚贵妃不至于反对和他发生点儿什么。

既然决定要离开了，他决定与贵妃敞开地交流一下。

康桥趁书吧里没有旁人的时候对贵妃说："我打算离开了，因为总在一个地方会使我感到自己像不会移动的石头。我是个追求失败的人，我必须得离开了！"

"我刚准备对你说今天是我的生日，想请你陪我一起过。"

"既然如此，我可以暂时不提离开的事儿。"

"你来我这儿之前，曾经想过那种以恋爱为职业的日子，像那位以恋爱为职业的女人小青一样，只是后来并没有成功，我打算今天给你一个机会。"

"想来的确是有些遗憾，不过把任何事情当成职业，结果都会变得索然无趣。既然你有了这样的构思，我还是乐意尝试一下。"

"那么就从现在开始吧，现在我们就已经是恋人了。看在我生日的份儿上，聊点让我开心的话题吧。"

"在我看来，你的身体里藏着一个小女孩，你看着我的时候眼睛里水汪汪的，总是让我联想到水仙花一般的爱情。"

"以前我是一个苗条得像小树苗一样的女人，自从我的男人跟别人私奔之后，我变胖了，我看着镜子，几乎都认不出那是曾经的自己了！"

"无论如何，我不该瞒着我对你的感受，恕我直言，我是爱着你的！"

"哈哈哈，我喜欢你这么说，尽管令我不能相信——谁会真正爱上现在的我？我在梦里梦见自己变成一头大肥猪，那真是一个不幸的梦啊，醒来后我痛哭了一场，身边也没有个人安慰我一下。"

"好在我爱人的能力特别强大，也能够透过现象看见本质。无论如何，你是一个值得人爱的女人。因为你是善良的女人，你收留了歌儿唱得不错的蜗牛当你的店员，对他相当不错，大家都看在眼里。说起你现在的胖，恕我直言，你身上的肉使我有一种想埋身其中的冲动，请不要见怪，因为男人在女人面前有时就像个调皮的儿童！"

"我不过是一个凡俗的女人，对别人善良便是对自己善良，这倒没有什么值得称赞的。现在我为自己满身的肉感到烦恼，因为我感到别人都在以嘲弄的眼神看着我，让我身上如同针扎一般难受！"

"不，我就不这样看你。我爱你丰满的身体，小女孩一样的内心，难道你不相信吗？"

"当然，我十分愿意相信。我也爱你，喜欢你，因为你是一个追求失败的人，这和所有人的想法都不一样，这是多么特别啊！"

"可我却总是会不断地获得成功！"

"成功是相对的，是你在追求失败的过程中无意间获得的一种报偿，上天总是公平的！"

"我喜欢你这种说法，你的嘴唇真红，牙齿真白，眼睛真亮，这使我联想到你像一朵渴望亲吻的玫瑰花！让我们敞开来吧，说出我们最想要对对方说的话，一点也不要保留——我想我们完全可以这样彼此相信，直言不讳，为什么不呢？"

"是的，我赞同你这种说法。你是一位诗人，而我喜欢诗人的浪漫和真诚！我的男人也是一位诗人，当初他写了许多情诗给我，让我以为一辈子就只能爱着他一个了，哼，正发愁没有理由背着他喜欢别的男人，他却跟着别的女人跑了！"

"原谅他吧，为了他认为对的爱情，你应该原谅他的背叛！"

"当然，我没有别的选择，只能祝福他，那样我的心里会更加舒服一些——你会不会觉得我有些过于高尚？"

"人因为过于斤斤计较而显得不够大气，不够可爱，因为那种弱点也使别人显得成了小人。事实上我们有什么资格左右别人的选择呢？我们不必抱怨任何人，任何事。现在我感到自己很庆幸能与你这样深入地聊到这些话题，你真是一个可爱的女人，这使我忍不住有点儿想要吻你一下！不过，还是让我们继续交流吧，交流往往是两个人变得亲密的前提，可以说是相当必要的。"

"我需要爱，有时甚至不是来自于一个人的爱。自从我的男人离开之后，我觉得自己可以去爱得更多了，只是我又是一个怕麻烦的人。你知道，你们男人往往比我们女人更博爱，而你们的那种爱又往往是体现在对一个个女人身体的占有上——如果我敞开了自己去接受，那注定会给我惹来一些麻烦事儿。"

"你说的也许是条真理。不过在我看来，爱就像蜡烛燃烧自己照亮别人，你只管去照亮那些必被照亮的人吧。如果你愿意燃烧的话，你发出的光与热对于别人来说又有什么损害？即使有也不要怕吧，因为人生短暂啊！"

"说得是呢，我们只有在照亮和温暖了别人之后才活出了价值——这是不是一种成功的活法呢？"

"不可否认，那是一种成功的活法。所以有时我怀疑对失败的追求是不能够成立的，因为人只要活着，总归是会获得这样那样的成功！"

"我想你不必排斥成功，因为成功是失败之母。"

"成功是失败之母，这句话真是有点意思。好吧，我相信你说的全是对的——现在我们已经点燃了自己，正在相互照亮——我可以吻你了吗？"

"嗯，请你吻我吧！"

"我感觉你是从自己生命的内部向我发出了邀请，因为人所共有的那种孤寂之感需要我们找一个合适的人来点燃自己，而吻是一根被擦亮的火柴！"

"嗯，说得是呢！"

"只是，人所共有的那种欲望像个坏孩子，会给我们带来烦恼，甚至是痛苦！当然每个人的身体里都住着一个坏孩子，不管男人还是女人，都会渴望通过犯一些错而获得一些特别的关注——我想上帝和诸神都在关注我们，我们因为会犯错而活得更像是个人，而不是神仙和精灵。我的话过于多了，说句实在的，我也正想尝尝你嘴唇的味道——我想，你的身体里有蜂蜜。"

"快来采吧，你这只嗡嗡唱着的小蜜蜂！"

"问题是，我们毕竟生活在一个世俗世界里，将来我们有可能不再好相处——不过我要辞职了，我想你会答应的！"

"我无法挽留一个决意要离开的人，不过还好我们尚有现在，不要让我再重复一次，赶快行动吧！"

不可否认，康桥先生和贵妃女士之间的亲吻使他们各自获得了美妙的体验。他们快乐得忧伤，那种忧伤又使他们感到活着真好，有个亲吻的对象真好。

当唇与唇分开，彼此再看着对方的眼睛时，他们的眼睛是明亮的，热烈的，有爱的。也可以说，他们正在享受成功，也都获得了暂时的胜利。他们要获得更大更多的成功，获得决定性的胜利——那有利于他们获得存在的真实感。

康桥说："我之所以暂时停下来，是我想起了那个以恋爱为职业的、非常特别的小青。在我的记忆的湖中，她像一只大鱼跳了起来，'哗'的一声又潜入水下。我在吻着你的时候却想到了她，这是不应该的。我想我是爱她的，尽管我和她相处的时间并不长。现在我需要暂时停下来喘口气，因为我意识到你不是她，她也不是你，你们是两个人。"

"你仍然爱她？"

"是的，我在想是否可以把你当成她。既然我们彼此敞开，也请你不要介意我这么说。"

"我的脑海中刚才也闪过我那和别的女人私奔的男人，我想他也应该是爱着我的，而我又不可能和他同样爱着那个对于他来说更新鲜的女人。所以我能理解，毕竟人活得是相当有局限性，这真是没有办法解决的矛盾。不过我一点儿也不介意，因为我这么多年来一直在试着理解和包容各式各样的人——所有的人都活得是那样的有局限性，那样无辜得像个被人冤枉的好人。"

"你真善良，你能这么说太好了！我并不介意你这么说，甚至喜欢你这么说。因为说出这样的话的你很真实，也绝对配得上我为人的真实。这个世界需要人的真实才能变得更美好。我模糊地感到了，人的真，甚至是人类未来的方向，是一切的基础。我在想，我们要不要更进一步，现在我犹豫了。"

"你犹豫什么？"

"我总是幸运地获得意想不到的一些成功，例如刚才与你的亲吻，那曾经是我的幻想，而刚刚变成了现实。这种成功的感觉使我有些瞧不起自己。"

"大可不必！我想人本质上都是追求失败的，但如果没有成功，怎么会有失败呢？因此说，我们刚才所获得的所谓成功，不过是在为下一步的失败做准备。"

"说得好，那么我们就更深入地进行交流吧——你认为这是一种交流吗？"

"也许这是一种严肃认真的、成年人的游戏！"

"过早地要求失败，事事都要求失败是不现实的，我明白了。虽然我爱着追求失败的自己，觉得太多的人追求成功的态度使我讨厌，但我仍然难以避免不像别人一样去获得成功。让我们继续亲吻吧……"

"小青真是一个让人难忘的女人，可惜她离开了诗人街，要不然我们或许会成为好朋友——你和她也曾经像和我这样交流吗？"

"当然，只是我和她在一起之后我就离开了。我感到躺在一个女人身边是危险的，或者说我并不习惯那样，我喜欢彼此欢爱之后就离开的那种令人伤感和心碎的感觉，你能理解吗？"

　　"抱歉，我想很难有女人会理解！"

　　"我明白，所以有时我也在思考婚姻的必要性。和一个人一生一世在一起，有一个共同的家，有个孩子，那或许也是一种不错的选择。"

　　"问题是，你现在还没有决定选择过那样的人生！"

　　"太多人正在过的，即将要过的那种生活并不是我想要的生活！"

　　"你和我的男人有些相像，在他离开之后，我想到他也许是对的——我之所以还守着这个蜗牛书吧是因为我喜欢阅读，喜欢和书在一起，没有别的地方可去。一个女人离开她熟悉的地方，心里会不踏实，但这并不能说明我没有像你们那样的自由想法。"

　　"说实在的，从来没有一个女人像小青那样让我时不时的就会想起——她在我的远处无比自由，而她的爱如同夜空中的明月，成了一种象征——如果可能，将来我再次遇见她，将请求和她结婚，成立一个家庭，从此安心地过正常日子。"

　　"祝你将来能够心想事成！"

"但要命的是我是一个追求失败的人。"

"我何尝不是一个失败的人？"

"嗯。现在，我想给予你，或者说我想获得你——让我们进行更深入的交流吧，如果你也愿意的话，我这就把书吧的门关上！这样我们就有了一个和外部世界隔开的小世界，我们就会更加放松和自在。"

"可你的心里有的是别人，尽管我不太介意——你真的想好了吗？而且你说，你和女人在一起之后就想离开，想一想我可能还不是太适应。"

"我的想法是，顺其自然，走一步看一步，你以为呢？"

"先把门关上吧！"

康桥起身把书吧的门关上了，窗帘也拉上了，房间里暗了下来。

两个人坐在沙发上感受到变暗了的空间，彼此的呼吸随着心跳的速度有了些粗细变化。他们像是背着世界即将要做一件坏事，对于彼此却又新奇而充满了诱惑的事儿。

康桥说："尽管我不是你的那位男人，你也不是我的小青，我们只是各自的我们，但我们此时是两个追求失败的人——我们是在准备破坏与成全对方的孤独与爱，我们在借助于对方回忆过去，畅想未来。我们是在通过把握此时我们的存在而去证明一些什么，我已经感到了生命中的空洞，那儿一团漆黑，渴望着光亮似的。所以，让我们相爱吧，哪怕是短暂的相爱！"

贵妃默默点了点头。

康桥用他有着细长手指的手掌抚摸着贵妃圆圆的脸时，手掌里满满的是温热的肉。他想，那是事实上存在的，而在他的想象和在变化的感受中，她又不仅仅是具体且真实的她，她还成了爱的象征，纯粹欲望的可能。她是他需要占领的阵地，需要战胜的对手，而他对于她来说，他是她获得充实的内容，爱的一种相对具体的形式。又或者说，他们是彼此的诗，需要相互抒写与朗读。

一个瘦高结实的身体，一个丰满松软的身体在一片灰暗的空间中相互试着合成一体，他们的心为自己也为对方怦怦跳动着，他们身体里的血液为对方欢快地奔腾着。他们相互照耀，又如同两条河流交汇在一处。他们因为爱欲的相互楔入与占有而有着幸福的战栗，他们又为下一步各自不同的方向有着未雨绸缪的忧愁和痛苦。

"我已经爱过你了！"康桥穿上衣服后如以往对别的女人所说的那样对贵妃说，"所有的欢爱都是令人伤感的，这真是没有办法，而且这种事不能持续到地老天荒，让人忘记自己还活着的种种苦恼！"

"我也爱过你了，谢谢你，真的！"

"真的？当然，我是不是也应该对你说声谢谢？"

"当然，如果你想的话我也欢迎你这么说。下一步你准备去什么地方？"

"好吧，谢谢你。下一步我还没有想好，有时候我真想死掉，因为对女人身体与情感的需要使我感到自己的不纯粹！"

"不要想那么多了。或许你会遇到她的——我见过她，你们真是天生的一对，如果你找到她请给我来个电话，因为我想知道你是不是幸福！"

"也许我再也不会遇到她了，我遇到的可能是另一个——你知道这个世界太大了，有着形形色色的人，有时候我感到自己在爱着所有的人，包括男人！"

"这真不幸，这意味着你的心永远无法安定下来！"

"是啊，一个追求失败的人并不适合和任何一个人在一起生活！因为两个人能够生活在一起，那就像是在享受婚姻与爱情的成功，而那种成功会使我感到索然无味！"

"也许并不像你想的那样，两个人在一起生活也可以妙趣横生，幸福圆满！我就常想，如果我的男人不离开我，那有多好啊！"

"当然，我不过是不想因为爱一个人而受到约束，我更喜欢与所有我可能爱着的人隔着时空相互思念与爱恋，因为那会产生诗，或者类似于诗的一种东西！"

"诗人，我真有点舍不得你！"

"我也一样，可我要去经历更多的失败！"

"人在这个世界上真是孤独啊，每个人都如此！"

"是啊，每个人都如此！"

"你要对我说再见了吗？"

"别无选择，也许过一段时间我还会来诗人街！"

"我倒希望你永远不要再来这个地方了！"

"当然，我能理解你这么说，因为我的存在对于你来说即将构成一种回忆，再见面的话会使你感到难以面对！"

"再见吧！追求失败的人！"

"再见，祝你好运！"

康桥打开门的时候，天色已晚，街灯照着一些沉默无言的物体。

他要独自走上一段路，回到住处去收拾行李。

康桥走了，正如当初小青离开之后一样，诗人街还在，诗人街上的一些人还在，一切也都在以既定的方式继续存在着，充满了许多可能。

一直走下去

雪花上千次落向一切大街。

——里尔克

在蓝色的大海边，浪花反复扑向金色的沙滩。

一些人在松软的沙滩上散步和游戏，当他们走出沙滩时可以看到一栋二层小楼。小楼的外墙上画了一头扬着鼻子喷水的、活灵活现、拙朴可爱的大象。大象宽大的背上有一块在黄昏时分会闪闪亮起彩灯的牌子，上面

50

刻着四个深红色的大字：大象酒吧。

酒吧的老板是位四十多岁、身体结实的独眼诗人。他留着大波浪的长发和短短的胡须，穿着奇装异服，却又面带秋天黄树叶般的忧郁，言谈举止以及身上散发出来的气息使人觉得他与众不同。人们看他就像看着电影里的人，由于他穿得特别，又瞎了一只眼睛，有人便给他胡乱起了外号叫"加勒比海盗"。不过，五个字的外号叫起来不顺口，因此熟悉的人还是习惯叫他老武。

老武在酒吧里出售自酿的糯米酒和红葡萄酒，白酒也有，酒的名字以古今中外他钟情的诗人的名字命名，有的叫"李白"、有的叫"惠特曼"。酒的品种有十五六种，其中最有名的是一种叫"里尔克"的红酒了。有很多喝过那种酒的人总会想着，过不了几天便会回来再喝几杯，仿佛那酒中有他想要的东西。

老武喜欢的诗人很多，尤其喜欢诗人里尔克。他在敞开的深蓝色酒柜中间摆放着一个请人用古船木雕成的里尔克头像，木雕下端写着一行字：

雪花上千次落向一切大街

那是诗人里尔克的一句诗。那句诗让同样写诗的老武感到，一位诗人能在他的有生之年给世界留下一句好诗就足够了，那样他就可以恒久地活在那句诗中，也不断地会有后来的人们时不时地谈论他了。

有人说，人都已经不在这个世界上了，别人的谈论还有什么意义？

老武不同意，他觉得很有意义。他的理想就是要写出好诗，在死后仍然能使别人记得。他经常对一些到酒吧里来的人谈起那位诗人，谈起他的那句诗。不同的人自然有不同的理解，回答也五花八门，不过让老武欣慰的是，大家都认为那是一句还不错的诗。

老武说："一首好诗会像种子一样埋在我们的心里，甚至与我们发生神秘的关系。我们不清楚它将来会开出什么样的花，结出什么样的果，但知道它也是有生命的。也可以说，我们每个人都像雪花一样上千次、上万次走向一切大街。我们踩着别人的脚印和影子，呼吸着别人呼吸过的空气，眨巴着眼睛，看着人间百态，美丽的风景，这是多么有诗意啊！可是即便是我们有了那种诗意，却也没能说出来。里尔克说出来了，他成了伟大的诗人。也可以说，他是通过诗歌打通了时间与空间的一条隧道，让我们看到了天堂里的风景。他的伟大胜过十个女人的美貌，一百个国王的权力，一千个富翁的财富……"

老武除了爱诗、爱酒、爱女人，还爱走路。

一点也不夸张地说，他所在的那个南方大都市的每一条街道，每一个公园都被他走遍了。由于大象酒吧有专门的人帮他打理，他也有大量的时间用来阅读和思考，追求女人和诗歌，以及不断地走路。

每次走出去，他都会产生一些感想，写出一两首诗来。虽然许多年来他已经写下了大量诗歌，也出版过几本厚得像砖头一样的诗集，在诗人圈子里有了影响，可他在反复阅读自己的诗歌时却觉得并没有一首，哪怕是一句诗可以留传后世。

他为此感到焦虑和烦恼，以至于怀疑自己是个没有才华的、无比平庸的诗人。

有人安慰他说："人活着也不一定非要用诗来证明，就像你，酒酿得好，酒吧的生意也很红火，有车有房有存款，也有朋友和女人缘，何必非要样样都好呢？你样样都好的话，我们这些人在你面前一点优越感也没有了，还不得纷纷跳到海里去喂鲨鱼？"

老武却说："古人说诗穷而后工，这是有道理的，正是因为什么都有了，我的诗才写成了半瓶子醋。虽说一个人在这个世上的存在有若干可能，可人常被自己最初的选择所束缚，为不能放下一些事而变得碌碌无为，我正是如此。好诗人的一生都在放弃，甘愿在现实生活中做一个失败的人，而最终在诗歌上取得非凡的卓著成就。里尔克是这样，海子也是这样，我想这是有道理的。虽然我保持着单身的自由，可以使我不断地追求爱情，可事实上并没有什么真正能够激发我思想和情感的女人出现，使我的诗歌有一个质的飞跃。"

远方具有一切可能。老武的心里对远方充满向往。

每次走出去，老武都会有种不再回去的冲动，可每次还是回到了大象酒吧，继续着他的生活。尽管他喜欢穿奇装异服，处处想表现得和别人不一样，也有着诗人一样淡淡的忧伤和多半是假想的痛苦，可在别人的眼里，他仍然是一个凡俗的人。

曾经在诗人街上生活过一段时间的康桥和小青是老武欣赏的两个人。他认为以恋爱为职业的女诗人小青活得有想象有行动，在她离开诗人街时还别出心裁地在大象酒吧放了一盆萝卜，以至于每次看到那盆萝卜时他就会想起她，猜想在远方的她会经历一些什么人，什么事儿。康桥呢，也经常让他发出感叹，因为每个人都在追求成功，他却在追求失败，这太特别了。一个人如果不去经历一次次的失败，又怎么能够有机会获得一次次的成功呢？

早几年，贵妃的男人老樊和老武是非常要好的诗友，可老樊放下了妻子贵妃和一位有夫之妇不管不顾地离开了诗人街，每次想起老樊的离开，老武就觉得人人的心里都有一个

54

远方，只是有人走了出去，有人还留在原地。再联想到里尔克的那句诗，他认为离开了诗人街的人就如同雪花落向人们意想不到的地方，他们的人生才是真正有诗意的人生，他应该向他们学习，活得像个传说，至少活成可以让别人来讲述的故事！

老武在别人的眼里也算是个有故事的人，可他不满足于别人说起他就等于说起他的酒吧和他的穿着打扮，他期待着人们谈起他的诗就像谈论他心目中的那些大诗人的诗，他期待着更多的使他兴奋和意外的可能。他已经快五十岁了，每次想到死亡的问题，也会忍不住想着人究竟该怎么活的问题。

老武假设自己得了重病，不久将要辞别这个世界，根据那个假设进行了一番想象，那样想过之后，他问了一些人这样的问题："假如你在这个世界上还有最后一年时间，你会打算怎么样活着？"

不同的人有不同的回答。

有的人说他将会放弃厌倦已久的工作，放开了去吃喝玩乐，让自己怎么高兴怎么来。

有人说，他将会彻底放弃做人的虚伪，再也不会看别人的脸色，活得更加真实自我。

有人说，他将会去谈一场轰轰烈烈的恋爱，把所有的钱财挥霍一空。

老武却说："我会选择离开诗人街，一个人顺着一条路一直走下去，走下去，走到什么地方算什么地方。博尔赫斯说得好，他说图书馆应是天堂的模样，那么我是不是可以认为——通往远方的道路就是天堂的模样呢？"

有位诗人建议说："老武，你也可以考虑像古代人那样步行去个遥远的地方，不乘车，不坐飞机，也不用现代化的一切通信工具，等你回来后说不定就能写出好诗来了。"

老武觉得那位诗友的话相当有道理，因此打定了主意要步行去远方。

半个月之后，老武把大象酒吧交给别人管理，在走之前召开了一个小型发布会。

老武说："这个时代的特点是快，那种快使我们忘记了慢的好处。我想起蜗牛书吧里的蜗牛先生，大家是不是还记得他曾经做过一场关于慢的行为艺术表演？蜗牛先生也因此成了名人，在成了名人后到处拍广告，很快有了钱。他又开了公司，成了一个更加成功的人，请了保镖，有了专门的高个儿的美女司机，被人前人后地围着，但他从此也就快了起来。不得不快起来似的，渐渐他忘记了慢，而慢是他的特点，他的长处，换言之他背叛了过去的自己，结果他的事业又失败了，只好又回到善良的贵妃那儿。从他身上我得到一个启示，人还是要做他自己，这可是一门大学问。

"人人有异相，物物皆殊状，每个人来到这个世上都是独一无二的，都是有用的，关键在于我们如何发现自己。那种发现的意义就在于可以获得一面照见自己的镜子，有助于人做出适合自己的人生选择。虽说人都活在当下，可不管是过去还是现在，时间像一条河流一样在流向未来。我们身在其中，问题是我们通常只关注了当下，没有充分利用我们生命中存在的另一些可能。人有一天会消失的，我们都明白，却对永恒的自己的那种存在无法把握！那么我们该怎么利用那种可能，去获得一些永恒呢？从今天开始，我将暂时离开城市，顺着一条路一直走下去。我会在路上遇见陌生人，陌生的事，看到陌生的风景，必然也会产生新鲜的思想和情感，而我的灵魂会像一只小鸟那样飞起来，那样我就像里尔克先生的诗句中所说的雪花那样，在上千次落向一切大街了。

"在必要的时候，人人都应该为自己放个长长的假，离开原来的生活，带上自己去往另一个地方，去过一种不曾过的生活。过去的时间，我泡在大象酒吧，那样的生活固然是我的选择，也给我带来了充实和快乐，但那也局限了我，使我像一棵树那样老是待在一个地方。现在我决定背着简单的行李出发，从东南方的大海边走向西北边的高原。在这个过程中我将不使用手机和电脑，不看电视，不乘坐一切现代化的交通工具。当然我走了之后大家仍然还可以来大象酒吧喝酒，会有人照常营业。先生们、女士们、我的朋友们，当我身在别处想到你们、想到大象酒吧时，那应是一种感觉不错的想见。最后我要说的是，人生需要异境方能把自己的过去和现在看得更加清楚，远方就是我们所想象中的未来。再会吧，我的朋友们！"

二十几个人聚在大象酒吧里，大家为老武精彩绝伦的发言不断鼓掌叫好。

蜗牛书吧的老板贵妃也来了，她在听了老武的那番话后动了心。她也特别想要有一次那样的行走，因为他的男人走了，和她好过的、自己的员工诗人康桥也走了，眼看着老武也即将出发去远方，她想，为何不跟他去呢？远方，步行去远方，那真是不错的想法啊。

想到这儿，贵妃折身回到蜗牛书吧，给蜗牛交代了一些事，说自己要出一趟远门，然后拎上一个手提包，匆匆拿了些衣物就出门去找老武了。

"老武，请你带上我吧！"

老武没有想到贵妃要跟他结伴同行，一时愣住了。

贵妃脸上有着坚定得不容拒绝的表情，她喘着气说："步行去远方，这对于我来说至少有两种好处。第一是通过不断的行走可以减肥，我希望再次回到诗人街的时候我变成一个让别人认不出来的瘦子。第二是你的朋友老樊几年前离开我和另一个女人私奔了，而我跟你一起走，无形中也造成了私奔的假象，这可以为我能挽回一些名誉——当然这并不重要，最主要的是我守着蜗牛书吧像你守着大象酒吧一样，时间太长了，我也想为自己放一个长长的假。请带上我吧，一路上你也可以有个说话的人。"

老武最初不太乐意和贵妃一起，但看着贵妃志在必得的样子，最终还是做出了让步，他说："我敢肯定一路走下来你会变成另一副模样，如果是那样的话，我倒有个建议，当我们双双回到诗人街时你就换个名字，和诗人街上的人重新认识，说不定没有谁会把你认出来呢。"

"呵呵，这个想法真是太妙了，那等于是我在他们中间多活了一个我。哎呀，太好了，我们一起出发吧。"

"我们一直向前走，一直走到你变成个瘦女人，我将见证你由一个胖得像肥猪一样的女人，变成一个瘦得像小鹿一样的女人。不过，你可得准备好吃上一番苦头！"

"我决心已下，会跟着你一直向前走，直到你说回来！"

"两个人走着走着，你说会不会产生特别的感情？"

"虽说你瞎了一只眼睛，有些不入我的眼，平时也穿得花里胡哨的让我想笑，可你毕竟也是一个结实的男人，而且还是一位有追求的诗人，如果实在是产生了特别的感情了，那就让它产生吧！"

"可是你的男人老樊是我的好朋友！"

"他已经跟着别的女人走了，我为什么不能跟着别的男人走？！"

"有道理，我们出发吧！"

天地间，两个人的背影离他们所熟悉的那座庞大的城市越来越远了。

小半年的时间过去了。

在那半年时间里，老武和贵妃走过了许多条路，翻过了许多座山，蹚过了许多条河，经过了许多个村庄和城镇，看过了许许多多的，使他们的心情愉快也使他们变得简单放松的风景。两个人一起说过了许多话，克服了行走过程中遇到的种种困难，渐渐也产生了感情。最初他们都克制着，装成好朋友的样子，可他们很快发现，既然他们走在了一起，是他们，而不是别人走在了一起，如果他们再继续克制下去，那不仅是没必要的，而且显得有些过分。

在西藏高原棕褐色的大山脚下，在一个小旅馆住下来的黄昏时分，天空中突然下起了纷纷扬扬的大雪。老武和那时已经变瘦了的贵妃从房间里走了出来，他们伸出手，仰着脸看雪，让雪落在他们的身上。他们笑着，喊着，很快又安静下来，仿佛是为了听雪落的声音。天地之间灰白一团，而雪持续地落下来，像诗，像爱，像能想象和感受到的一切。

贵妃期待着老武的拥抱，因为那个时候的拥抱是她生命里的一种渴求。

老武适时地走过去，张开双臂紧紧抱往了她变得娇小的身体。

他们相爱了，他们早就已经爱上了对方，那是他们最初都不曾想过的事。

那天晚上，当两个人合成一个人的时候，他们感觉到彼此一起走过的路，看过的风景也合在一起了，那使他们感到活着的幸福，而那种幸福的感受使他们想要流泪。

"贵妃，我后悔带上你了！"

"我也后悔跟着你了！"

"怎么办？"

"你说怎么办？"

"嫁给我吧！"

"真的吗？"

"真的！"

"不变了？"

"不变了！"

他们感觉到对方对自己的重要性,两个人在一起的幸福,便不再想继续走下去了，他们想回到诗人街了。

当贵妃回到诗人街的时候，真的是没有谁敢认她了。

老武倒还好，他只是瘦了一些，黑了一些，眼神变得更加简单明亮了一些。不过他不再穿以前喜欢穿的那些花里胡哨的衣服，也让人觉得他变成了另外一个人似的。

诗人街在那半年多的时光里自然也有了变化。

贵妃的男人老樊回来了，和他私奔的女人情不自禁地又喜欢上了一个帅气的小伙子，把他给抛弃了。

不过那时贵妃的心里已经放下了老樊，她决定和老武结婚了。

结婚似乎是一种爱的仪式，老武也想要通过那种仪式把与贵妃的关系确定下来，结束自己过去放浪自由的生活。

老樊没有想到贵妃有了那样的变化，更没有想到她会和老武走到一起。

不过诗人街上的人对于老武要和贵妃结婚这件事倒也没

有感到过于惊奇，因为大家看着他们在一起的时候，觉得他们本来就该是一对。

"人生真是充满了一切可能。"老樊笑着对别人说，"感谢生活，感谢万能的上帝，慈悲的佛祖，我希望老武和我的前妻在他们人生的路上一直走下去，不要再另生枝节。"

大家认为，老樊一直是个不错的人，虽然当初他不该为了一个女人放弃贵妃。

老樊说："过去已成过去了，从今以后我要做个简单的人，顺手摸到的东西越少越好！"

追求简单的人

我顺手摸到的东西越少越好！

——海子《村庄》

老樊原名叫樊抱一，他的个头不高也不低，模样有些帅。像诗人街上的很多人一样，他也是一位诗人，写过一些不错的诗歌。相对于别人来说，老樊是个更加简单的人，因为他家境富有，不用为了获取生存的资本和人争什么，心态比较平和。

谁都没有想到，几年前老樊那样

简单的人竟然为了一个女人抛弃了深爱着他的妻子贵妃，和那个女人私奔了。

诗人街上的人说，老樊看上去是个头脑简单的老实人，可事实上并不是那么回事儿。

有几年时间，老樊和那个女人四处漂泊，去了许多地方，花光了所有的钱，女人离开了他，他又回到了诗人街。

本来他想着请求贵妃的谅解，重新和她一起过日子，没想到那个曾经很爱他，他也爱着的贵妃有了变化。贵妃要和他的朋友老武结婚了，提出要和他解除婚姻关系。

事情想开了也没有那么复杂，谁想和谁结婚一定都有他们的道理，他们想就去结吧。

不过有些事还需要进一步地细想，这有利于人对下一步做出准确的判断。

在一个深夜，老樊在洗漱过后，燃上一根檀香，盘腿打坐，想了许多。

当一个人静坐下来想一些事儿时，整个世界变成一幕幕从脑海中闪过的风景，那风景又像小溪的流水一般哗哗啦啦地从生命里流过，汇入心灵的大海。

那些度过的时间影子般漫过来，曾经穿越过的时空里发生的事，也云朵一般飘过来，渐渐使他清楚了自己的过去和现在，仿佛也能看得见一些未来了。

老樊认为自己可以做一个追求简单的人。

过去的他虽说也算是个简单的人，可他想得到的有很多。过去他的确是喜欢过、爱过妻子贵妃，两个人自然也曾经亲密无间，至诚至真地相爱过，那种经历过的真实不容忽视，然而那时的他却觉得贵妃不是他的全部——没有谁是谁的全部，可他那时并不清楚。

那时他隐隐约约地期待着做一件出格的事，例如遇到一位让自己神魂颠倒的女人，经历一场惊心动魄的爱情。

三年前，那位花儿一般的女人来了，她用多情的眼神望着老樊的时候，在老樊的感受中她正是自己期待中的爱情。没有办法，实在是没有办法，老樊当时想，自己是被她结结实实地给迷住了。

在蜗牛书吧里，老樊的眼里燃烧着火焰一般的渴望，他身体里发出的光和热使女人也感到这个男人把自己当成了一位从天而降的仙子，实在是不一般。

老樊说："此时的我确实感受到了，这个世界上本来就该只有我们两个人。"

女人听来有点儿莫名其妙，不过女人的笑像两瓣桃花，她也对老樊说："看得出你是喜欢上了我，那么就陪我离开这座城市，随便去一个什么别的地方吧。”

那个女人太有风情了，看见了男人眼睛放光彩，见了女人也如此。迷恋她的男人很多，所有的女人也都会感叹自己怎么不如她那样有风情。

“你简直是女人中的女人，蜜糖中的蜜糖，简直是一大杯迷魂汤！”

“谢谢你这么说，如果你愿意，就把我喝下去吧！”

没有办法，实在是没有办法。老樊想，他得跟着眼前的这位女人走了。

老樊像做着一场梦一样，跟着女人走了。

不同的女人面对她的男人，在她的家庭生活中都有着不同的烦恼。那位女人的丈夫非常富有，可他一直为妻子走出家门时别人看着她的眼神，以及为她招蜂引蝶的曼妙身段和四处放电的眼神不胜烦恼。有一次他们大吵一架后他把她关到了房间里。

她是逃出来的，不想再和自己的男人过下去了，恰好又遇上了老樊这个对自己痴迷的男人，这真是再好不过了。

老樊和女人离开了他们熟悉的城市，那一路的风景因为有着女人的陪伴就如那天堂里的风景，他的心情别提有多美。而两个人四处游走的日子，如同两个燃烧的火把摸黑去远方。

远方，远方，是人们内心的向往。问题是，他们去往远方的路途上还是要经历各种困扰。因为女人无论走到什么地方，总会引起一些男人，也包括一些女人的关注，也同样会使老樊感到，如果他不把女人看紧了，她很可能又会跟着别的人走了。

有一天，女人对老樊说："所有的爱都是一种束缚！"

老樊说："是啊，我们都不想要那种束缚！"

"去吧，再去爱上别的女人吧！"

"如果有可能，如果还能遇到像你一样让我不顾一切的女人的话！"

女人遇到了另一个她认为可以一起燃烧、一起享受爱情和人生的男人，给老樊留了一封信走了。

女人在信中说：你记得我也好，最好把我忘记。我们只是彼此的一场梦，事实上我们每个人都是在梦中的人。

檀香的味道飘进鼻子里，老樊觉得女人说的话非常有道理。

无论如何，人生就如一场梦。可是，可是当他想到这一点的时候，眼泪却忍不住流了下来。泪水流下来的时候，他觉得自己像个透明的孩子那样正坐在自己不远的地方，看着已经长大的自己。

老樊结束了打坐和冥想，起身去倒了一杯水，喝了一小口。

胖胖的妻子贵妃又浮现在他的脑海中，而她在他想起的时候，却又是一个变瘦了的、即将要嫁给他的朋友老武的女人。他们曾经是那样亲密无间、宛然一体过。不过，在他离开她之后，他们之间的距离无形中就越来越远了。

老樊又坐下来，闭上眼睛想象贵妃和老武。

……独眼的老武带着胖胖的贵妃离开了城市，行走在优美的风景里。那是两个并不相爱的人，谁知道他们却在行走的时间里，在不断变化的空间中各自都发生了变化，竟然相爱了。他们与他和那个女人不一样，他和那个女人相爱着，走着走着却不再相爱了。或者说他们仍然爱着对方，却想要离开对方了。女人说人生就是场梦，他们是在梦境中共同度过了一段时光，走过了一些地方。他想，贵妃和老武或许对人生有不同的看法。

因此，在老武带着贵妃和老樊谈事儿的时候，老樊问了他们一个问题。

"你们觉得人生是一场梦吗？"

老武想了想说："梦是梦，人生是人生，我现在想踏踏实实地和贵妃一起生活了。"

贵妃说："人生如梦，那只是个比喻。我现在感到，爱不一定是唯一的，也应该是可以有变化的了。"

老樊想，虽说老武还是老武，贵妃还是贵妃，他们却又和过去的他们有些不一样了。他们在现实中发生了变化。他倒也说不清他们究竟有什么不一样了，只是觉得像老武这样不想结婚的男人，竟然想要娶个女人踏踏实实地过日子了，这也算是一件非常难得的好事。因为在结婚这件事上，意味着男人愿意放弃外面的花花草草，去专心一意地爱一个人了，这有利于个人变得简单，世界也变得简单。

老樊看着变得苗条的贵妃时，清楚她正是多年前自己爱过的女人。那个嫁给他之后慢慢变胖的女人也曾经很爱过他。虽说她又变瘦了，可她还是同一个她。他在看着她时，已经感觉不到她在爱自己了，她变成了另一个女人。人时时刻刻都在消失，都在与世界告别。他想，可人生并不是一场梦。

想到这儿，老樊说："是啊，我真没想到你们竟然在一起了，这不是梦境，这只是我们在现实世界中发生的实实在在的变化。"

老樊和贵妃离了婚，不久又参加了贵妃和老武的婚礼。

老樊守着蜗牛书吧的时候，看着书架上的那一册册的书，决定做个追求简单的人。

那样的想法在外人看来有些莫名其妙，而他也难以理解自己为何有了那样的想法。

不过，老樊还是对蜗牛说："我决定做一个追求简单的人。顺手摸到的东西越少越好——这是诗人海子的一句诗！因为在我们人类的世界上，各种各样的东西越来越多，有很多是我们并不需要的。人在创造那些东西的时候也变得越来越复杂，其实人需要活得简单一些。我主张人越活越简单。简单的生活，简单的人生，简单地活着，是一种相当有必要的修行！"

蜗牛书吧里的员工、小矮人蜗牛说："这样的想法多么好啊，一个放弃老婆、跟着别的女人跑了的人，回来后开悟了，说自己要做个追求简单的人。"

老樊说："我知道你喜欢贵妃，因为她是一个特别善良的女人，对你就像对她的亲人。我也知道你对我有看法，不管你是否理解，我当初离开她实在是没办法的事。"

"你一直是个简单的人，简单得就像没脑子。不过你的脸上一直有着我喜欢的平和笑容，因为这一点，我又能对你的选择多说什么呢？女人选择了我这样的个头不够高的人才不会被抛弃，我真担心独眼老武还会像以前那样，什么样的女人都喜欢，做出让贵妃伤心的事！不过话又说回来了，平平淡淡，一成不变对于人来说或许才是要命的！"

"虽说你的个头小，可你想到的并不比别人少。我发现自己也是一个想事想得过多的人，这并不利于我成为一个简单的人。"

"只要人在城市中，在众人之中，怎么可能不去想事情呢？"

"是啊，是啊，城市中的人太多了，这可真够让我烦恼的。周末时我去逛了逛商场，结果发现，想吃个饭也要取号排队。看着那么多人，看着那些琳琅满目的商品，我感受到人们对物质的那种强烈欲望。我也感受到自己心中的欲望，我的心因为喜欢和亲近那些代表着物质生活的商品而变得光怪陆离得使我感受不到自己的存在。我想大多数人活在了对物质的迷恋中，只活在了表面。很多人看似在活着，活得忙忙碌碌，可事实上并没有真正在活。"

"事实上，我们并不能一味否认物质生活的意义，因为物质决定上层建筑！"

"这是一种广为流传的错误认识，这种理论无形中否定了人的灵性，人的修养，人的创造，人的未来，把人等同于动物。"

"可人就是一种比动物高级的动物，归根到底是一种有血有肉、有生有寂的、比动物更加复杂的动物！"

"个人作为人类这个整体的一部分，人类世界又作为宇宙这个整体的一部分，可以说我们对未来所知道的还非常有限，可又并不因此对未来产生敬畏之心！当你真正爱上一个人时，你会发现你是这个世界上最幸福的人，那种感觉真的很好，可到头来你会发现那仅仅是一种感觉，很可能是昙花一现的激情——事实上我们活着可以追求更恒久的东西。我认为追求简单的生活，是一种有效的、接近恒久之事的办法。简单地爱着世界，爱着人类，爱着一切，并以此来接近爱的本质——爱是不是有本质，我现在还不太清楚，但我从上帝之子耶稣对世人的爱中领悟到，人对自己最好的爱，是爱着他感受中的一切，像上帝那样去爱着！"

"问题是人们并不确信自己有没有未来，甚至也会怀疑上帝的存在！"

"我们人类的爱是自私的，太有局限的爱。几年前我因为爱上另一个女人放弃了贵妃，那就是一种自私的、非常狭隘的爱。当初我和贵妃相爱的时候，也有过类似的幸福，那时我感到人生好美，世界也很美。可是那时却总在想，这个世界上总有比贵妃还有风情、还更漂亮的女人，后来我真的被那样的一个女人给迷住了——她说得好啊，我和她就像一场梦，看着她留给我的信，我的眼泪莫明其妙地流了下来。或许是在那一刻我开始明白了，我要做个简单的人。"

蜗牛说："毕竟，我们不是上帝，我们是卑微的，是有着七情六欲的人，我们还有着生存与发展的种种困境，并不能一味理想化地生活在愿想之中。下一步你有什么样的打算？又怎么样去做一个追求简单的人呢？"

"一切都在变化，说起来也算是合情合理。现在我打算引导一些人变化，让世界从我开始。我愿意通过我的行动来证明自己可以成为上帝的天使，成为光明的一部分！"

"可是在我看来，一切都不过是过眼云烟，人重要的还是要做适合的自己、舒服的自己。"

"我已经感觉到了，人类面临着毁灭。因为人类过分追求科技进步，物质发展，而忽略了对传统和文明的继承，精神的建构！人类已经站到了悬崖边上却浑然不觉。他们以为整个人类可以造一艘巨大的宇宙飞船，可以迁移到别的星球上去，这不是太可笑了吗？这不是视一切如儿戏、愚蠢透顶吗？我决不能允许那些无知的人以科学技术的发展和进步来蒙骗我们，绑架我们的思想，也决不能允许一些人以破坏生态环境、透支人类共有的资源来满足于他们的私欲。和十年二十年前相比，我们现在的空气和水源已经被污染得让越来越多的人感到担心了——可又究竟有几个人对此做了些什么呢？我认为，人类只有去追求简单的生活，才有可能会改变这一切！"

"问题是，只有你一个人追求简单的生活也改变不了世界！"

"是啊，是啊，我也想过这个问题。我还想到了，别人都通过复杂地活着获得了更多，他们享受物质带来的种种满足，及时行乐，而我却像个圣僧那样追求简单的生活，我不是吃亏了吗？可是，既然我发现了人类生存的危险，岂能不管不问？人类生存环境的不断恶化、转基因食品的安全、大型毁灭性武器对人类的威胁、恐怖分子对人类生存秩序的破坏，这种种问题简直使我食不甘味，夜不能眠。最近我总是在想，既然这种种危险存在，那么我们为什么不能设法去解决？其实解决这些问题的最好办法就是倡导人们去追求简单的生活！"

"我建议你给联合国写一封信，让联合国召集各国召开一个关于人人有必要追求简单生活的会议，形成国际法的一个重要条款，在世界各国推行你的简单生活的主张。"

"这真是个好办法，我会写这么一封信的。我会在信中强调，既然越来越多的人认识到人类生存的重大问题，种种危机，我们不能因为个人无力去解决就熟视无睹，逆来顺受。我想我可以把这句话当成世界各地的宣传语——爱护地球，人人有责。改变世界，从我做起。"

"你的这些想法非常可贵，虽然你当初不管不顾地离开贵妃使我对你抱有一些成见，但我还是不得不对你表达一下我的敬意！我代表所有的人，也代表我自己向你表达感谢。立马行动，去写信吧！"

"信我今天晚上就会写的，现在我要说的是，我会从自己做起，去影响身边的一些人。我身边的一些人又将影响更多的人，我希望将来大家都变成简单的人。就先从我们诗人街开始吧，让我们给全世界做一个示范。你也加入我的行列，让我们一起做一个简单的人吧！"

"我是一个追求慢的人。"

"慢下来，你会发现简单的必要性。海子在《村庄》这首诗中说——我顺手摸到的东西越少越好！这可真是一句好诗，我想海子是得到了人生的真谛。他一定赞赏我的想法——追求简单的生活才是真正快乐和幸福的生活，是有益于他人和自己的活法！可惜啊，可惜他过早地自杀了！我后来想过这个问题，这或许是因为他把诗歌当成个人宗教的原因，事实上诗歌，以及一切文学艺术只不过是通往人类信仰的一种方式。"

"我至今还没有想过我终究该信什么！有时我感到人生短暂，倒不如及时行乐。"

"这是一种对自我的放弃，作为在你身边的人，你的朋友，我决不允许你这样想问题！你明白吗，这么想很要命，如果你不能意识到灵魂的存在，这很要命！你曾经是个追求慢的人，那么就继续你的追求吧。在我看来，慢也是追求简单生活的一种方式，我希望你能继续提倡和发扬慢，让更多的急吼吼地追求物质满盈的人们意识到慢的好处！我们会殊途同归！以后你有机会就去告诉身边的人这样一条道理：慢下来你才会发现自己的灵魂！"

"也许我还可以创办一个民间刊物，起名就叫《慢生活》，找一些赞助，免费赠阅给大家！而你也可以办一本用于宣传简单生活的杂志。如果找不到赞助人的话，我们还可以在网上试一试众筹。尽管我反对网络这种泥沙俱下的存在，不过，不可否认的是网络正在改变世界，改变我们每个人的生活，以至于我们现在想要做点什么事的时候，不得不运用它。"

"当然，科技进步也不是一无是处！虽然在我看来仍然是利大于弊——因为网络生活渐渐使我们人类失去原有的那种生活，还很有可能使未来的人类变成机器，把人与物越发混为一体。因为人类对物质的追求缺乏原则没有底线，最终会害了自己。存在的不一定是合理的，在我们这样的一个时代，真是该好好反思一下！现在还为时不晚，再迟可能就无药可救了！让我们立马行动起来吧，你去写一个办杂志的方案，先把你的《慢生活》办起来，下一步我经过实践和摸索，再考虑是否创办一本叫《简单》的杂志。总之，我们要以自身的行动去告诉越来越多的人究竟怎么样活着才是正确的在活！"

当天晚上，老樊把自己关在房间给联合国写了一封洋洋数千言的长信，谈到了整个人类生存与发展所遇到的种种困境、种种问题，提出了建议和解决的方案。修改了两遍，又从网上搜到地址，第二天一早到邮局寄了出去。

老樊回到蜗牛书吧的时候，蜗牛还趴在桌子上写着策划。

书吧里有几个人在静静地看书，老樊想和大家聊一聊，于是就把大家叫到一处，聊了一些他个人的观点。

几位听众也都赞同他的观点，但又认为，做个简单的人事实上并不简单，理由是人的喜、怒、忧、思、悲、恐、惊是人性的自然流露，人的眼、耳、鼻、舌、身、意之欲望需要得到合理满足，一个人不大可能做到四大皆空，活得无欲无求，既然如此，世界仍然无法照一个人的想象发生变化。

老樊说："你们的想法也代表了很多人的想法，的确如此，人的正常欲求需要得到合理地满足和尊重，不过这与我的主张并不矛盾。从今天起我就打算正式启动我的人生新计划：我要做个追求简单的人，请大家今后看我的行动吧。第一个改变是，我将会把这三间蜗牛书吧的书籍和书架桌椅清空，以后每天只在空地板上摆上一本书，而我将会成为书吧的主题，成为那本书的阅读者。所有的读者都可以过来和我聊天，也可以把我当成一道简单的风景。也许这种显得极端的做法会被认为是种行为表演，大家怎么看都无所谓，对于我来说，我要成为别人的话题，成为一个焦点，因为这即意味着大家会对'简单'进行关注和讨论。"

有位诗人问："只有一本书的书吧就像个形式，你将以什么方式赢利呢？"

老樊向诗人点点头说："作为一个追求简单的人，以后我需要的东西会越来越少。对于我来说，只要有一口饭吃，有个睡觉的地方，可以继续活着就好。书吧一共有三间房，或许我会考虑请蜗牛开个白粥馆，到时只卖白粥和腌萝卜——我认为平时我们吃得过于复杂了，吃些简单的食物对我们的身体更有益处。"

大家表示可以试一试，蜗牛也同意了老樊的设想。

很快，蜗牛书吧的三间房子里的东西全都清理了出去。留给老樊的那个房间里只放了一本书，里面也没有桌椅，只有一个蒲草编的坐垫。另外两间房子倒是摆了简单的几条凳子，几张桌子。蜗牛精心做了些腌萝卜，过了几天，白粥馆就正式开张了。

老樊坐在那间只有一本书的房子里读书，偶尔也有人来和他聊天，探讨一些问题。问题主要是围绕着"简单"这个词展开的，前来聊天的人在聊过之后还是感到很有收获。经济上还比较宽裕的也会留下一些钱，说是赞助老樊和蜗牛把他们想办的杂志办出来。一贫如洗的人觉得，简单生活的主张太好了，自己恰好适合过那样的生活。

来喝白粥的人最初不多，却也有一些，那些为数不多的人告诉了更多的人，于是有了更多的人想要来体验一下。

喝下蜗牛做的白粥之后，很多人都觉得这种简简单单的吃法胜过了那种丰富的、山珍海味、大鱼大肉的吃法。

没有多久，诗人街，包括诗人街之外的一些人都了解到了，那个曾经和别的女人私奔的老樊，和曾经做过一场慢的行为艺术，曾经发达过的小矮人蜗牛正在以自己的实际行动改变世界。

"简单的味道，胜过一切味道。"老樊对前来找他聊天的一位顾客说，"一碗粥对于每位城里人来说是一则寓言，使人联想到自己活得过于复杂了，需要改变一下生活方式。"

老樊希望不看电视、不上网、不用手机、不开车、不大吃大喝、不铺张浪费、不追求名牌商品、不一心想着升官发财的人越来越多，他希望爱阅读的、爱大自然的、爱帮助他人的、热爱劳动的、追求简单生活的人越来越多……

半年过后，老樊和蜗牛一起印制了一本，没有刊号的，叫《简单》的杂志。

杂志不厚，印着老樊写给联合国的那封信，以及联合国教科文组织的回信。信中肯定了樊抱一先生的设想，表达了对他的感谢。

老樊和蜗牛很快又得到了更多人的赞助，他们商量着要不要把白粥馆和蜗牛书吧开到更多的城市去了。

诗人街上有不少人都发现了，老樊和蜗牛的脸上充满了喜悦的红润，像初升的太阳在天边映上云彩的霞光。

凡是有那种发现的人，也都在想着如何做一个追求简单的人了。

让别人舒服的人

你舒服了，世界就美好了。

——舒恒

在一个阳光灿烂的日子，有位叫舒恒的女诗人来到了诗人街。

在来之前她就听说过诗人街上的一些奇人轶事了，例如以恋爱为职业的女人小青、追求失败的男人康桥、喜欢慢的小矮人蜗牛、追求简单生活的人老樊等等，她也想要做个有些特别的人，因为那样活着会更有意思。

于是，她放弃了做了十多年的高薪工作，带着一笔钱来到了诗人街，在诗人街唐诗公寓的对面，租了一间门面房，开起了店，店名叫"小舒的店"。

小舒是位身材小巧、圆脸蛋、大眼睛、小嘴巴、模样显得非常可亲的女人。虽说年龄已经三十出头，可看上去还像个小女孩。尤其是她那说话的声音语调，简直比淙淙流淌的溪水还动听，而她脸上浮现出来的微笑，就如同那春暖花儿开，简直使人感到她不是个凡人，而是一位从天而降的仙子。

小舒的店装修后开张了。

店里摆了一张红木茶台，摆了两个白色带碎花的布沙发，还有一个小书架，一张四方桌，收拾得干干净净的，让人看着很舒服。

店里并没有什么东西可以卖的，店门外面的一侧，用一块木板还刻着一条广告语——你舒服了，世界就美好了。

去参观过小舒的店的人都很好奇，有人问："所有的店都卖东西，既然你开的是店，难道你什么东西都不卖吗？"

小舒微笑着说："如果说开店非得出售点什么的话，我出售的是——舒服。人世间什么最贵呢？是那种无形的东西，例如亲情、友情、爱情。这些情感的东西都是无法明码标价，也无法出售的。但人的情感却可以交流，交流可以让人与人之间的关系变得更美妙，人与人的关系变好了，这个世界也就变得更好了。当然，作为一种辅助的形式，我也可以帮人修指甲，掏耳朵，甚至也可以帮人按按肩，揉揉头。如果有谁感到不舒服了，就可以来找我聊一聊。"

因为那句世上独有的广告语，不少人都想要来店里看看，体验一下小舒怎么样让人舒服的。

女人来的时候会找小舒修修指甲，男人来的时候会让小舒按一按背，或者掏掏耳朵。收费是按时计的，倒也不贵。在做那些服务的同时，小舒根据不同客人的需要，和他们聊不同的话题。凡是和她聊过天的人，都觉得她是一个让人感到舒服的人。

感到舒服的人也会忍不住告诉他们的朋友说，诗人街上有位让人感到舒服的女人，有机会去她的店里看看啊。

有一次，有位神情疲惫的生意人找到小舒说："听我的朋友说，你是一个可以让人感到舒服的人。最近我的心里就特别不舒服，所以想找你来聊聊。"

小舒非常正式地和那位生意人握了握手说："欢迎你，请坐吧，我泡上一壶可以使人心情变好的绿茶，咱们慢慢地聊一聊。"

"谢谢你，你脸上的笑容让人觉得很亲切，很久没有见到这样满脸阳光的人了。你的声音也很好听，我的耳朵里就像有一条小溪在流淌。如果能天天面对你这样的人，我想我的心情是会非常愉快的！"

小舒一边泡茶，一边说："你可真会说话，请说一说吧，最近有什么事儿让你感到不舒服了呢？"

"虽说我的生意做得不错，也有一帮能一起玩的朋友，可是我并不快乐。十多年来我为了做生意放弃了对诗歌的热爱和成为艺术家的理想，因为做生意也需要全身心地投入。有时候我还得去维护一些关系，得像狗一样向人摇尾乞怜，有时又得像狼一样伤害一些弱小可怜的生意伙伴。我厌恶使我像狗一样的人，也对像狼一样的自己感到不满意。我想做一个让自己满意的人。你知道，要想在这个都市里生存和发展，并不能随心所欲地照着自己的内心去活，可是久而久之，我觉得自己活成了别人，而不再是自己。就拿我的妻子来说，我曾经是很爱她的，可因为我在社会上的种种变化，我对她也不够好了。结果，我又有了个年轻漂亮的女孩当情人。我的一颗心被繁重的工作、复杂的人际关系、不幸福的家庭、让我烦恼的情人给剁得血肉模糊，这使我感到特别不舒服。可是如果我放弃一些东西，尽量地去让别人感到舒服，很可能就像那些一无所有的人。因为我的生意可能就做下去，我住的别墅有可能交不起管理费，我开的车可能加不起油，我的朋友可能就不会再把我当成朋友，我的情人可能也不愿意跟着我了。不管怎么说，我还是一个凡俗的人，也习惯了我现在的活法。"

"人生是一次次的选择过程。你选择了做生意，又清楚有些生意需要人际关系，需要你戴着面具去待人接物，需要你为了获得订单去请客送礼，需要你为了利润做一些违背自己意愿的事，因为你不这样就玩不转，赚不了钱。这犹如有个无形的魔鬼控制了你，使你必须放弃对诗歌的爱好，对艺术的理想，甚至使你放弃对妻子纯粹的爱意，选择为了钱才和你在一起的情人。这一切都是你的选择，那种选择更倾向于理性，而非内心的情感。我们会发现社会上聪明的人越来越多，冷漠的人也就越来越多，投机取巧、落井下石、狼心狗肺、鸡鸣狗盗的人也就越来越多，因此我们活得就越来越不够快乐。事实上人们所追求的物质的东西，不过是为了使人的内心与精神更加丰富和纯粹，可到头来大家发现，我们得到的却是空乏与痛苦，这是因为我们在为人处世的时候少了真善美的情感参与，所以人会觉得活得不够舒服。你可以试着去放弃一些东西，从思想情感上认识到舒服的重要性，在为人处世的时候尽量想着让别人舒服，久而久之自己也就舒服了！另外，许多人已经感觉到了，我们的这个世界正在变坏，就拿空气和水源来说，和三十年前相比已经是大不如前了，现在一些吃的用的东西经常会出现一些负面的报道，我们渐渐也不像以前那样放心了。社会环境的变化使人与人之间的关系也越来越缺少了那种应有的真诚和友善，缺少了应有的信任和互助，这样一来，不管你再有钱，再有地位，再成功，你活得也不会感到舒服。所以每个人都应该考虑一下如何让这个世界变好，这是我们能够舒服地继续生活在这个世界上的唯一出路。我意识到这一点，因此我放弃了原来收入不错的工作，做上了我喜欢的事。现在我就是一个想让别人舒服、自己也舒服的人。"

"虽然我承认你说得有些道理，可是让一个背叛了自己灵魂，获得了一些实实在在，也令人羡慕的东西的人，放弃他已经获得的那些东西可不是一件容易的事。虽然我有时会感到活得不舒服，不过我的很多朋友都那样活，想一想心里也就释然了。比起那些依然在辛苦打工却买不起房子和车子、就连吃顿好吃的饭菜也担心钱包的人来说，比起那些得了病没有钱治、受到欺负也没能力反击的人来说，比起那些想成为我这样的人来说，我对自己的现在还算是满意的。上帝离我们太远，而魔鬼离我们很近，亲近魔鬼，与魔鬼合作既然可以得到种种好处，为什么不去亲近呢？虽说我和我的那些朋友与生意伙伴彼此戴着面具，虚情假意，尔虞我诈，毕竟还是相互需要。虽然我与妻子的感情不再像以前那样，可我又有了比她还要年轻漂亮的情人，虽然情人并没有给予我真正的爱情，需要的是我的钱，可她也给了我激情和满足，我为什么不能为此付出一些金钱呢？有时想一想我也没有什么不满意的，我所谓的不舒服——可谁又活得比我更舒服呢？"

"是啊，如果你认识到自己存在的问题，又认为只能这样过下去的话，改变则会令你痛苦和不适的话，那么我祝你在错误的道路上越走越远吧！不过我需要提醒一下你的是，魔鬼是上帝的大天使，或许正是上帝派到人间来考验每一个人的，有些人信了魔鬼就失去了进天堂的资格。尽管很多人不相信上帝，不相信有天堂，可事实上每个人的内心里都有一个上帝，都有一个天堂。你的心中也有，只是你刻意不去亲近上帝，不愿步入天堂。有的人活着是在真正地活着，活得使别人舒服，受人敬重，被人爱戴，自己也满心欢喜，感到幸福。有些人却正在死去，并没有真正地在活，他活得使别人不舒服，被人鄙视，被人痛恨，自己也感到痛苦，没有意义。前者如同活在天堂，后者如同坠向地狱。我这么说也许会让你不舒服了，那么我今天就免费向你服务吧！"

"不，您没有让我不舒服，恰恰相反，你使我感到特别舒服。让我感到舒服的并不是你讲的这些道理，而是你的声音，你的态度，你天真纯粹的存在，你使我感受到你是一个与众不同的人，那样的你是美好的，我得谢谢你。也许我会慢慢纠正我的人生方向，去做一个让人感到舒服的人。"

男人起身离开时留下了厚厚的一沓钱，然后张开怀抱拥抱了小舒，他说："谢谢你，请允许我用钱的这种方式表达我的感谢，也谢谢你接受我这个并不配得到你的拥抱的人的拥抱，因为我确实想要从你的身上获得一种纯正的力量。下一步我或许会去做些善事、好事，也许我会把我的妻子介绍过来，让你和她聊一聊——她和我一样，也是一个相当庸俗、喜欢物质的人。也许正是因为她这样，才不能够使我保持对她的爱意。再见吧，让人舒服的人。"

小舒收下了男人给的钱，对男人道了谢，她想，多么好，她还是对男人起到了有益的影响。有些人或许根本意识不到自己需要被影响和改变，例如那位男人的妻子，即使男人对她说了，她也未必会感兴趣。世上很多人都活在自己的人生轨道上，如果不是出于内心的需要，或者是一时的好奇，谁也不会对她感兴趣的。世界那么大，人那样多，要想改变也不是那么容易的，自己尽量去做就好了。

有一次，有位留着小平头的、身体粗壮、四十岁左右的男人走了进来，一屁股坐在沙发上，瞧着小舒有些暧昧地笑着说："你怎么让人舒服的啊？先给我按按背吧，你的小手按在我身上，或许会让我感到舒服点儿！"

小舒站在沙发后面为男人按着背说："我们聊聊天吧，你想说什么就尽管说。"

"不管你信不信，这是一个弱肉强食、金钱万能的社会。我刚来到这座城市的时候不相信这个，可现在越来越相信这个了！你做个老实人，别人就会欺负你。你没有钱，别人就会看不起你。我以前被人欺负过，也被人看不起过。就连我喜欢的一个女孩子也看不起我，跟着有钱人走了。后来我变了，我开始欺负别人，让别人都怕我。我什么来钱我就做什么，实话说，投机倒把、坑蒙拐骗的事儿做了不少，但不管怎么样，我现在也算是一个有钱人了。现在我看不起那些老实巴交的人，他们特别没出息。"

"让别人不舒服，你会舒服吗？"

"有人的地方就有江湖，没有谁不欺负别人，不损着别人，哪怕一个看上去很老实的人，他看着别人春风得意，自己心里也不舒服，恨不得别人倒霉。我早就看透了，所以别人舒不舒服不关我什么事，只要我舒服就好了。现在我当然是舒服的，我有钱啊，有钱能使鬼推磨，你现在不是正在为我服务，让我舒服吗？给我使点劲儿按，按舒服了我多给你钱！"

"最近几年你有过哭的经历吗？"

"我应该有十几年没有流过泪了吧，十几年前我为我爱的女人难过，但也没有流泪，不值得！有人说不管是好女人还是坏女人，都是男人的一所好学校。可以说，她的离开让我有了转变。我觉得人类社会是个荒唐扯淡的社会，你看不透这一点就等于是没脑子，没觉悟。从那以后我对所有的女人都感到失望，也不相信爱情了，只相信欲望给我带来的快乐和满足。虽然我知道那也没有什么意思，明知道没有什么意思，可还是会一次次地去寻欢作乐！"

　　"你不觉得不能够去爱一个人，也不会被别人爱的人生缺少意义吗？"

　　"我用不着去思考什么意义！"

　　"好吧，既然我说服不了你，我决定不收你的钱了！我想和你做个试验，我不想收你的钱了，如果你心里不会觉得不舒服的话！"

　　"我不会觉得不舒服的，比这大的便宜我都占过，何况你这点小便宜！"

　　"祝你愉快，有机会再来，我还会免费为你服务！"

　　男人离开之后没两天又来了，一进门男人说："你还是让我有些猜不透，你为什么不收我的钱呢？这世上还有不爱钱的人吗？这几天我一直在想着这件事儿，总觉得欠了你什么！说真的，你可是第一个自愿让我沾光儿的人，尤其是你这样性感漂亮的女人。"

"你什么都不欠我的!"

"不，我欠你的，你让我舒服了，还让我第一次那么认真地想了一些事情!我想你是一个很特别的人，我请你吃饭吧!"

"吃饭就不用了，也谢谢你能这么说!"

"我还是应该付你的钱，多少钱吧，你说个数!"

"我说过的，不收你的钱!"

"我可不喜欢啰唆，我也不想欠你的，这五百块钱应该够了吧，你收下!"

"多了，你坐下来我再给你修修指甲吧!"

"好吧，不过，我必须把我想到的告诉你。这两天我都在想着你，觉得你内心的美胜过了你的外貌，而你待人接物的方式世间少有，你的声音使我想到了我的母亲。我的母亲在我十几岁时就过世了，有时我想起母亲的时候就会想哭上一场——事实上我为母亲哭过，应该是在很多年前了，那时我得了阑尾炎，一个人躺在病床上，没谁管，没谁问，我觉得活得特别失败。"

"谢谢你能坦诚地这么说!"

"可我还是一个坏人，我觉得不配跟你这样的人说话!"

"你也可以做一个好人，让别人心里舒服的人!"

"那样也许就不是我了！"

"怎么样才能让你改变呢？"

"做我的女朋友吧！"

"你看你笑了，你自己都认为这是不可能的事儿！"

"是啊，我怎么配得上你这样的人呢，我又怎么能对你提出这种要求呢！"

两个月后，男人又来了，身边还带了一个女人："你看，这是我女朋友小李。她非要让我把她带过来认识你，因为我对她说了你，你是一个让别人感到舒服的人，我希望她也变成一个让别人舒服的人。"

小李微笑着，看着有点吃惊的小舒说："认识你很高兴！"

小舒和她握了一下手说："也很高兴认识你，坐下来喝杯茶吧！"

男人说："你是个让别人感到舒服的人，你启发了我。我试着那么对小李，小李觉得我这人还不错，表示可以考虑嫁给我。我没想到还会有个女人愿意嫁给我！"

小李说："虽说我早就和他在一起了，可从来没想着要嫁给他，因为我信不过他。可是他后来对我的态度变了。尤其是当他说起你的时候，我觉得你太特别了，就想来见见你。你真的好漂亮，好特别——以后我希望自己也成为一个让别人感到舒服的人！我和他说好了，我们要去开一家饭店，我们的目标是以后让别人吃着放心，吃得舒服！"

"嗯，这就太好了，到时我一定去看看你们！"

后来，那个男人和小李真的在离诗人街不远的另一条大街上开了一家饭店，饭店干净卫生，服务态度好，做菜用的是真材实料，味道也好，生意相当不错。两个人结婚的时候，已经和他们成为朋友的小舒还参加了他们的婚礼。在婚礼上，男人和小李感谢了小舒，说小舒改变了他们，使他们找到了人生的方向，他们以后也要做使人感到舒服的人。

老樊是个追求简单的人，听说了小舒的事，觉得小舒所做的事是让人欣赏的，因此他也来了小舒的店。

老樊说："你是一个追求舒服的人，这想法太有意思了。可以说你和我一样，我们都在努力使这个世界变得更美好！"

小舒微笑着说："能得到你的肯定我很高兴，我有什么可以为你做的吗？"

"嗯，我也想体验一下，你有什么办法能让我舒服点儿吗？"

"我们可以聊聊天，我还可以为你掏掏耳朵！"

"好吧。最近我的心里有了一些不舒服的事儿，我在另外一些城市开了白粥馆，可生意并不好，全都在赔钱，我在

94

想着如何改变这种情况。你知道，如果一直赔钱的话，那并不利于我继续推广我的简单生活的主张！"

"我想别处的店不能只是个形式，最核心的内容还是人。你在咱们诗人街的店做得比较成功，那是因为你在这儿。别处的店应该找真正能过简单生活、能像你一样知行合一的人来打理才好。另外凡事舒服就好，过犹不及。"

"我想你说得非常有道理。只是最近我也有些困惑，因为对简单的追求我放弃了许多外在的东西。事实上我毕竟是个鲜活的人，还是会对外界有一些欲求！例如我还是会需要一个女人的爱！"

"该有的时候，一定会有的！"

"不如直接说了，你的追求让我感到我们是志同道合的人，这使我觉得你是一个了不起的女人，如果可以的话，请做我的女朋友吧！"

"虽说我也听人说起过你，可我们也才第一次见面！"

"你大约清楚，我结过婚，而且还有过不太光彩的经历！"

"对于我来说那并不重要，重要的是你现在成了一个追求简单生活的人，我因此会对你心生敬意！"

"也许我仍然无法确信自己可以和一个女人在一起生活，因为对于一个追求简单的人来说，单身有可能是最好的选择！"

"是啊，一个追求让别人感到舒服的女人，或许将来会让他的男人感到不舒服！"

"问题是存在的，没有更好的办法解决吗？"

"时间，或许，我们思想态度的转变也会使问题不再成为问题！"

"让我们都再想一想吧——你真的很美，你使我看了你生命中内在的那种美，那种朴实无华，仿佛在散发着一种恒久的光芒，使人相信美好的一切都有将来，都在继续！"

"谢谢你能这么说，你也在写诗吗？"

"是的，我现在正在用简单的语言，写一些简单的诗。舒服，我想，这真是一个好词。我真心希望你在让别人感到舒服的同时，自己也会感到舒服。"

"简单，这也是一个非常棒的词，我想，简单的人和事会让人感到舒服！"

"是的，至少复杂的人和事会让人感到不舒服！"

"是的，追求简单的人！"

"在这么短暂的时间里，我感受到了，我可以去爱你，和你一起生活下去。如果在时间上不是太快的话，我还想抱一抱你！"

"这是一个建议？"

"一个我还不太确定合不合适的想法！"

"人真是一种复杂的动物，因为人有很多想法！"

"所以简单是一种追求，一种修行！"

"是的！"

分别时老樊上前拥抱了一下小舒："我走了，下次见！"

"再见，追求简单的人！"

小舒看着老樊走出去，向回头的他挥了挥手。

小舒想，老樊是个能让自己感到舒服的人，尽管让人舒服的男人也有不少，可他又和别的男人多少有些不一样。不一样在什么地方呢？想来想去，还是因为他简单，是个追求简单的人。不过在想到过去的老樊，想到在诗人街上已经嫁给大象酒吧的老武的他的前妻贵妃时，她觉得还是需要一段时间来考察一下。爱上一个男人，并且嫁给他，对于一个女人来说那可是一件重要的事。两个人如果在一起生活彼此不舒服，那可是件非常糟糕的事。

一段时间后，老樊又来找小舒。

"小舒，放下手头上的事，我们出去走一走吧。"

"你想去什么地方呢？"

"在有风景的地方，随便走一走。"

"好吧，如果这使你感到舒服的话！"

小舒关上门，跟着老樊走了出去，他们顺着诗人街走到了大海边。

老樊指着海水说:"看,那么多海水,它们在一起游戏着,开心得很啊!"

小舒也看着海水说:"每一次看到海,我都感到特别舒服!"

"水是简单的,像孩子!可是孩子长大了,又会变得复杂!"

"世界是复杂的,人也是复杂的,这是个事实。人类本质上追求的并不是复杂,而是简单,或许复杂是人类在追求简单的过程中一种无意间得到的结果!"

"你的这个说法显得很特别!"

"我们人类最需要解决的是人与人之间的关系,人与人之间的关系解决好了,人与物、人与世界的关系也就更容易解决了!"

"这总需要人去付出努力,这个世界才能变得更美好!"

"事实上每个人都在努力,没有谁无缘无故地希望人类世界变得更坏,尽管人类世界有一种越来越变坏了的倾向,应该引起所有人的注意!"

"是啊,你怎么想到了要做一个让别人舒服的人呢?"

"因为我感到过有许多人和事让我不舒服。"

"我希望能做一个让你感到舒服的人!"

"我希望也能像你一样成为一个简单的人！"

"我们总是活在有限的感觉中，爱也如此。想一想这真是令人难过！我这个追求简单的人也许应该去出家，因为我竟然对你有了想法！你不知道，我一直在说服自己，不要去打你的主意，可是我还是来找你了。因为我感到爱一个人和被一个人爱太重要了，那是支撑着我们改变这个世界的力量！"

"你可以有你的想法，你的很多观点，我也是赞同的！"

"爱上一个人时，心里会感到很舒服！"

"是啊，无论如何，两个人相爱对于这个世界来说是一件好事。因为他们相爱了，舒服了，幸福了，世界就变得更加美好了。"

"那么，就让我们立马相爱吧！"

小舒看着大海沉默了，她在想，一个追求舒服的人真的适合爱上一个追求简单的男人，并且要嫁给他吗？她并不确定，不过她的内心里确也在渴望爱上一个男人，并被男人爱着，因为爱着别人和被别人爱的感觉让人很舒服。

宋唐诗其人

神灵是存在的!

——宋唐诗

太阳未升起时,深蓝色的海显得一派安静的样子,城市在睡梦里尚未醒来。那黎明到来之前天地间的安静,使早起的人感到美好。

宋唐诗先生早早起床了,洗漱过后下楼开始了每天都在坚持的慢跑。他在通过诗人街的时候,潮水般一波一波的步履带动着稍稍有些发福、显得有点儿沉重的身体来到大海边。

他喜欢看着海，感受海。尤其是一个人站在海边时，那种感受就如天地间只有他一个人，一切正从他的内心开始有一个新的面貌。那蓝色天空下的海，有着那么多的水，仿佛足够让他看上一生，想上一世。虽然他并不是诗人，那时还是能够感受到一种叫诗的东西在心里泛起波纹，尔后渐渐汹涌起来，浩渺起来，哗哗有声。

对于那些不写诗的人来说，有些诗不一定非得写出来，只要在心里隐约有着就好。由于长期对海的观察和想象，使宋唐诗先生的生命里有了一个抽象变化的大海，一首在心里不时唱起的赞美诗。

每天早起跑到海边，宋唐诗要看到太阳初升的模样。如果是个阴雨天，他打着雨伞也要去海边走上一走，仿佛海是他的一位老朋友、老情人，一天不见便觉得心里缺了点什么似的。看海的感受是好的，太阳升起时金色的光芒洇染着云，使云变成霞，霞光流影，默然间千变万化于波涛滚动的大海之上，时间与空间仿佛也借着风景汇聚在人的心间，使人忍不住赞叹。那景象可真是太美了。可以说整座城市，整个地球，每个人的每一天都是在那样的一个时刻开始的。那个时刻展现的风物，不正像人所想象中的天堂的模样吗？

太阳初升时，城市中的大街小巷里，人和车辆渐渐多了起来，渐渐热闹起来。阳光斜照着拉长了物体的影子，同时也在拂去城市建筑以及众人灰白色的睡意，渐渐使一切有形的物体显现出多种色彩。那五颜六色，那喧嚣之声，呈现出时代丰富多彩的生活图景，对应着人们生命中的七情六欲。

看着那冉冉升起的太阳，宋唐诗醉心地喃喃自语着，谁也不知他说了些什么。

宋唐诗经常对人说："既然我们至今还弄不太清楚是先有鸡，还是先有蛋！既然我们说不清宇宙是什么时候，以及怎么样形成的！既然我们不知道自己是谁，从哪里来，到哪里去，神灵是存在的。"

有一次，一位叫张叶的诗人赞同地说："是啊，是呢！神灵说，要有光，于是就有了光！光是神奇的，如果不是神灵，谁又能创造了光呢？爱因斯坦都说了，如果人类超过了光速，一定会有奇迹发生，说不定他说的奇迹，就是见着神仙！"

宋唐诗知道张叶不过是附和自己的话，有些讨好自己。他还算不上是位有信仰的人，他是诗人，信的是自己，追求的是爱情。他之所以会附和，是因为他没有钱交房租了，又不愿意搬出去。

宋唐诗在诗人街上拥有一栋五层高的大楼，每一层都有几十个房间，每个月收取的房租相当可观。那楼是以他的名字命名的，叫唐诗公寓。那是许多年前他继承了父亲的一笔钱买下来的楼房。父亲去世后，不久母亲也因思念父亲病逝了。他有一个孪生的弟弟是个精壮快乐的男人，拥有一艘船，经常出海。在他准备回来娶一个女人的时候，在海中却被一场飓风送进了天堂。宋唐诗的亲人相继去了另一个世界，或许他们就在天堂里变了一种存在。望着大海时，他常常想，不管怎么样，确实是应该有天堂那样的一个地方。

宋唐诗五十多岁了，还是个单身汉。诗人街上的人对他的过去所知有限，也不知他年轻时有没有恋爱过，有没有过风流韵事。

诗人张叶说："如果我没有猜错的话，你年轻时应该有过不少女人。"

宋唐诗想了想说："所有的女人都是我们的母亲，我们的姐妹。我们那样去看她们的时候，内心里会是纯粹的！"

"尽管我想，可我实在是不敢苟同你的说法。她们中有的也应该可以成为我们的恋人，我们的妻子，甚至是我们的情人啊！不然全是我们的母亲和姐妹的话，我们人类就无法延续下去了，请说说你的从前吧！"

"你为什么非要了解这些呢？"

"因为我想了解每个人的过去。我们对过去的记忆构成灵魂的一种存在，我可以根据了解的情况为你写一首诗！诗人的工作在我看来就是使人意识到他灵魂的存在！"

"我们的灵魂，是神灵吹到我们生命里的一口气！我也是后来才相信了这一点，可是现在有谁知道我们的生命是神给予的呢？我们只知道有父母，这是远远不够的啊！我们的父母，父母的父母又是从哪里来的呢？"

"是神创造的，如果有人愿意这么相信，这倒也没有什么错。那么，你认为亚当与夏娃当初为什么要吃禁果呢？难道仅仅是魔鬼变成的蛇引诱了他们吗？我想没那么简单，神在创造他们的时候，就把他们在生理上做了区别，就让他们相互吸引。所以我认为人的欲望，或者说魔鬼的存在，既然是个实情，我们也应当给予尊重！"

有些问题宋唐诗是无法去解答的，他的学问不大，不怎么读书。此外作为一个正常的男人，他也不是没有欲望，不过他会这样说："我们又怎么能猜测神灵的意图呢？也许有一天我们去了天堂之后，一切都有了答案。"

"你为什么会对自己的过去遮遮掩掩呢？你为什么不能坦诚地说你有过女人，还不止一个呢？实话说，男人和女人相爱并结合在一起，这是一件多么美妙的事儿啊！我们人类为什么要讳言这一点呢？"

宋唐诗起初不愿意说，不过看在张叶还算是一个单纯的人，也就说了。

年轻时候的宋唐诗是个非常爱女人的人。那时的他精力旺盛得像头公牛，曾经喜欢过很多花儿般的女人，也曾经和不少芬芳的女人在一起过。各种各样的女人很多，看上去都使他想要去爱上，可他是有限的，和一个女人在一起的时候另一个女人就会难过。过去，有个对他痴情的女人为他割腕自杀过，没有死成。有位性子烈的女人捅过他一刀，差点儿要了他的小命。他感到爱与欲的一次次实现，以及由此产生的后果使他感到精神的空虚，生命也缺少应有之意。亲人的相继辞世使他开始思考人生，在一位朋友的影响下，他明白了人在这个世界上，除了男女之间的情爱，还有更广阔更有意义的事情。

本来宋唐诗是可以找个女人结婚，建立一个幸福美满的家庭的，却不知为什么迟迟还是没能结婚。或许过去经历的女人太多，使他对异性产生了厌倦。不过一个正常的男人长期没有女人也是不太正常的，而他也不能够像高德大僧一样对女人和世俗的事物没有欲望。

宋唐诗在张叶的追问下，后来终于承认了他有着一个长期的情人。情人是一位家庭不幸的女人。他们相互聊起来的时候他才知道，她有两个孩子要养，可丈夫却是个不务正业的赌徒，为了得到钱，他甚至宁愿妻子和别的男人在一起。看着那样一个满面愁容、内心苦闷，想得到内心安宁的女人，宋唐诗尘封已久的心动了。他想要给予自己所能给予她的一些东西，例如一些钱财，一次倾心的交流，一个默默的拥抱。

一段交往过后，爱的感觉在两个人的心里产生了。那种爱谈不上道德，但却实实在在发生了，而且使他们有了感动。为此他们都在心里感谢神灵，又在问神灵，他们可不可以在一起。他们感到神是允许的，尤其是女人，由于得到宋唐诗的帮助和安慰，她愿意为他付出自己的身体，为他开放，以感谢他对自己的情谊。于是，他们在一起了。在一起的时候，他们幸福地流下了热泪。

张叶感叹地说："啊，宋先生，听你这么说真是好啊，我为你们祝福。可是，为什么不让那个女人和她的男人离婚呢，那样你们就可以光明正大地在一起了啊！"

宋唐诗说："她的男人后来也知道了我们的事，可他就是不同意离婚。因为不管怎样，他也是想要有个女人，有个完整的家的。"

"既然他不走正道，他想不想离婚可由不了他，女人可以向法院提出离婚申请啊！"

"那样或许会逼得男人犯罪！她是像莲花一般善良的一

个女人，她有那样的担心，我也这么相信！"

"她在家里有个男人，在外头又有个你，你能接受这样的女人吗？凭着你现在的条件，完全可以找个单身的、年轻且漂亮的女人结婚的啊！"

"你的话也许是对的，但是我遇到了她。遇到了，这是上天的安排！我们认识了快有三年了，每个月见一次面。"

"你们会聊些什么呢？"

"神灵。"

"然后做爱？"

"我想神灵会原谅我们的，你认为呢？"

"我想是的！"

"你有没有盼过她的那个不成器的男人死掉？"

"想过，但我不能那么想，神灵是不允许的！"

"你想没想过给她的男人一大笔钱，让他无法拒绝你的条件？"

"我这么说过，但是她不同意！"

"她为什么不同意呢？"

"她说他是不会同意的，再说就是那样做了，还是会害了他！因为再多的钱他都会输掉，然后变得一无所有，无家可归！"

"可是他那样不成器的男人，不该变得一无所有、受点

107

儿罪吗？"

"我们已经对不起他了——他像你一样，也是一位年轻帅气的诗人。如果他从此不赌，能让我所爱着的她快乐幸福地生活着，我倒是愿意放弃和她的关系，尽管我想起她时心里就会有一阵子一阵子的，通电一般的难过。"

"这么说你是爱上她了！"

"怎么能够不爱呢，她就像在这人间受难的天使！"

"嗯，我很感谢你的分享，因为你谈起她的时候，话语也变得鲜活了，让我觉得美好。我想，如果你愿意给我一笔钱的话，也许我能够和那位诗人聊聊，让他放弃她，甚至重新开始另一种生活！"

"如果你能做到那样的话，你一定是上天派来的。钱又算什么呢，我愿意为此出一大笔钱的，并且保证你可以在我这儿长期住下去，不用再交房租！"

"那就太好了，让我试一试吧。"

宋唐诗没有想到诗人张叶竟然劝动了那位赌徒，对方竟然同意和妻子离婚了。

不久单身的宋唐诗和那位三十出头的女人住在了一起，两个孩子也跟着一起过来了。一个十岁的男孩，一个七岁的女孩，两个漂亮懂事的孩子也喜欢宋唐诗，还叫了他爸爸。

宋唐诗好奇地问诗人："神灵是存在的，额的神啊，你用了什么办法说动了他呢？"

张叶看了看天，又用平静的目光盯着宋唐诗说："我告诉他，赌，可以有点儿新花样，不一定非得赌钱。他同意了，他真是个不错的人，可以说比我都要简单和纯粹。我们边喝酒边赌，我们赌自己会背的唐诗宋词。我背上句，他接下句，接不上来就喝酒。喝得七荤八素的时候，我们就变得更加坦诚和真实了。我就趁机劝他说，人除了活在当下，还要活在远方。他应该去别的城市走一走，见识见识。他心动了，那时他也已经厌倦了痴迷于赌的自己，想要换一种生活。很简单，他就同意了和妻子离婚。你要知道，诗人可以解决一些世人解决不了的问题，只要时机找对了，对症下药。诗，或者说诗人，是人类的一味妙药，能解决人内心和精神上的一切病症！"

宋唐诗感叹地说："啊，你真是个有办法的人！我的头脑比起你来，那可是要笨得太多了。说起来我现在应该是个守旧的人，可能跟不上时代的发展了。去年有位生意人想要承包这栋楼，说要开个宾馆，每一年出的价钱多过了我所能收到的租金，但我一口就拒绝了，你知道为什么吗？"

"因为你失去了管理这栋楼的机会，就变得无所事事了！"

"当然，这是一个方面。不过我所想到的是，不能让有钱人想做什么就做什么。如果什么事都是有钱有势的人说了算，那样这个世界还不是乱了套？可是我们的世界正在变成这样，这是很可悲的！最近还有一位老板找到我，说要买下这栋楼，出的价钱也是相当可观，也被我一口拒绝了。人可不是为了钱而活着的，人要为自己的理想而活。人人的内心里没有理想的话，这个世界就会变得越来越坏！谁想生活在变得越来越坏的世界上呢？"

　　"当然，那些十恶不赦的坏蛋，也希望这个世界是个美好的世界。这样说来你是个有自己原则的人，这让我敬佩。我知道，这附近的房租过年后都提高了不少，可是你却没有，你真的是个实实在在的好人，你这样的人当今社会是不太多了。唉，说来抱歉的是，我实在是没有钱付你房租了，不然我会很积极地按时交房租的——我也不该因为帮了你一个忙，就向你要求什么，因为我做的是一件好事！"

　　"难得你这么说，不过我们有言在先，我还是应该兑现我的承诺。诚信，在我们的这个社会也是越来越缺少了。面对那么多问题，那么多需要拯救的人，我所做的真是还远远不够。"

　　"嗯，有时我们只是一个平凡的人，做不了太多，我想上天也是可以理解的吧！"

"当然，神从来不要求我们什么。不过我有时在想，世间凡是受苦的人，也是在为我们每个人受苦。世间凡是爱人的人，也是在为我们爱着！所有的人应该认识到这一点，如果认识到这一点，我们的人间将会变成美好的人间。虽说你是做了一件好事，不要求回报，不过我得感谢，你说个数吧，我该给你多少钱呢——事先我们也没有说好具体的数目，你说吧，只要我能付得起！"

"嗯，我想，我的时间与精力应该用于阅读和创作，而不是交给我所不愿意做的一些事情。为了生存，我需要有住的地方，有吃的东西，最好还能有一些酒。如果你同意的话，我住的地方你可以为我提供，我生活的费用每个月也不是太高，暂时就由你供着我诗意地栖居上一段时间吧！当我有一天能娶上一位富有的、能够认识到我的才华的女人，或者我的诗集有大卖的那一天，我就不再需要你的帮助了！"

"神灵保佑你早日达成所愿！你帮了我那么大的一个忙，这点要求一点也不过分。或许你应该相信神灵，因为亲近神灵的人总是能找到幸福的，早一点，晚一点而已——你看就像我现在，不是也找到了自己的幸福吗？"

"如果神灵创造了我们，我想所有的人都会殊途同归。我倒也没有必要一定要去信仰神灵，信不信我都在亲近神灵！"

"一定是这样的，只要我们怀着一颗爱这个世界的心！"

一段时间之后，宋唐诗和女人举行了婚礼。

宋唐诗把管理唐诗公寓的一部分事情交给妻子管理，自己就有了更多空闲的时间去参加一些活动。那时的他脸上有了比以往多一些的温和的微笑，眼睛里也洋溢着太阳般爱的光芒，使人感到他是一位充满了幸福力量的男人。他向所认识的人传达神灵的存在，因为他确信有信仰的人越多，人类的社会就会变得越好。他愿意人间能变成天堂的模样，每个人都能够幸福快乐地生活着。

"不管你信不信，我们都是神灵的孩子。神灵是存在的，像光一样存在。光照亮这个世界，照亮和温暖着我们。如果没有光的话，四周全是黑漆漆的一团，这个世界该是多么可怕？不管你信不信神，都要去做光，去照亮和温暖别人。尽管我们在光里有阴影，可是我们也是能发光发热的，这是真的，我们要意识到自己是会发光发热的人，要用善行用爱心去改变这个世界。"

那样的话宋唐诗见人就说，可人们往往对于那样的说法并不上心。很多人只不过对他的说法笑笑，出于对他的尊重倒也不便反驳他。但也有些较真的人表示，人生在世，一切都是既定的，又是变化的。人的精神世界正是建立在对物质

112

基础的认识之上的，物质的世界才是重要的，神灵是一只馒头，还是一杯饮料呢？再不然神灵是一首诗,还是一首歌呢？神灵不能给一人他生活的所需，也不能使人忘记生存与发展的烦恼和痛苦。如果说神灵无边无际，永恒无限，而人却是有限的，人生短暂，不如及时行乐。

对于那样不信神灵的人，宋唐诗也没有更好的办法。每个人都行在自己的路上，过着自己的生活，有着自己的想法。尽管如此，他还是要表达自己的认识。他认为最初是神灵创造了一切，只是人类后来渐渐被所创造出来的东西给迷惑了，觉得自己特别强大，事实上那是一种无知。这是一个日渐被越来越复杂的事物，越来越自以为是的人所遮蔽的世界，因此越来越多的人生活在无知和虚妄之中，缺少了敬畏之心。或许到死的时候才会意识到，自己活着的时候不知何谓幸福，何谓爱，浑浑噩噩地活得像蛆蝇一般。

多年来宋唐诗的工作是管理那栋楼,日子过得相当单调。有了妻子和妻子带来的孩子之后，他的生活更加丰富了。接受一个女人和两个孩子在身边也是需要适应的，还好的是他一段时间后也便适应了。看着女人，他觉得心里有了个依靠和休息的地方，有了烦恼便可以和妻子说说。两个人心里都是有神的人，因此也能说到一起去。看到放学后回家的孩子，虽然那不是他亲生的，但又有什么区别呢？他们像两个小天使一样，使他感到美好。

　　每周有一天时间，是周六的早上，宋唐诗会叫上妻子和
孩子，一起跑步通过诗人街，去海边看那天堂一样的风景。
　　他告诉他们自己的感受，也倾听他们的感受。那时的他
是幸福的，快乐的，那种幸福和快乐的感觉是以前所没有的。
尽管那时他也会感到肩上的责任使自己沉重，然而那实实在
在的感受又何尝不是使生命得以充实的内容？

诗人的任务

爱着所有人，才配爱一个人。

——张叶

诗人张叶过着四处浪游、只要
有口饭吃便把诗歌事业进行下去的
日子。

他来到诗人街，住进了唐诗公寓，
准备在那个以诗人居多的大街上待上
一段时间，没想到有位叫林白的富豪
了解到他能言善辩，且没有工作，便
让人把他找来，交给了他一项特殊的
任务。

林白让张叶前去陪伴正在四处游玩的舒那，舒那是他的前妻。

出的价钱相当可观，但对于并不看重金钱多寡的张叶来说，那样别出心裁的任务更能激发他的好奇心，因此也没有多想就欣然答应了。

经过一番巧妙的安排，张叶与舒那见面了。两个人成了结伴同行的朋友。

在张叶的打探下，舒那打开了话匣子，滔滔不绝地说了从前的一些事。

从前，还在读大学的舒那有着红扑扑的小脸，细长清丽的眼眸，微微上扬的唇角，人见人爱，花见花开，别提有多美。

林白觉得秀发披肩、亭亭玉立、像仙子一样的她应该成为自己的恋人。不过那时的舒那还从未曾认真想过恋爱的问题，她所关注的是校园里的小花小草，图书馆里总也看不完的书籍，希望能够写出精妙的诗句，以诗歌的形式来表达她对万物纯洁的爱恋。

林白追求舒那，整整三年，每天一束芬芳的鲜花。

在毕业后考虑要嫁给一个人时，舒那觉得，执着的林白为自己付出了那么多，不嫁给他实在有些过意不去。况且那时年轻有为的他创建了公司，拥有富有的家人为他提供的房子和车子，他完全有条件为她建立一个完美舒适的家，不需要她再像别人一样操心生存的问题。

在要不要嫁给林白这个问题上，舒那想过许多，因为她知道嫁给世间任何一位男子，无疑都会牺牲掉一些自我，具有一种不可避免的属于谁的不自由，从此也会关闭了一扇通向广阔世界的大门，使她活得有局限性。

不过，舒那最终还是嫁给林白。

她被当时擅长音乐的林白用大提琴拉的一首《梁祝》给感动了。浮想联翩的她通过音乐在空气中变幻出来的画面，似乎看到了两只蝴蝶自由自在地在百花间翩跹飞舞。再说音乐与诗歌也是相通的，如果错过这位深爱着自己的、用音乐打动了自己心灵的男人，只怕以后再也找不到可以真心全意地爱着自己、也能够让自己心动的男人了。

结婚后，舒那一天班都没上过，因为林白根本不需要她过那种朝九晚五、为柴米油盐操心的生活。不过，整天忙于生意应酬的林白却再也没有心情为舒那拉大提琴。那时他把自己变成了一把大提琴，通过赚钱的方式为她演奏——只是后来那种越来越富有的、越来越功成名就的感觉使他认为，他所演奏出的华丽乐章，妻子无法欣赏。

林白为了事业牺牲了音乐的爱好，在现实中成了成功且富有的男人，活得体面而受人敬重。由于他专注于事业的发展，渐渐失去了演奏好一首曲子的能力。他也曾经怀疑过自己，因为他所爱的舒那几乎完全沉浸在自己的世界，而他却不得不走向别处，那使两个人之间的情感出现了要命的滞差。

作为一个男人，生命中的欲望也时刻侵袭着他，使他无法永远保持着对舒那的忠诚。对于拥有无数财富且又英俊潇洒的男人来说，不知道有多少年轻漂亮也不乏智性优雅的女人想要和他在一起。有的女子甚至还愿意为他生养一个孩子，享受他能够为其提供的物质生活。最初，林白克制着自己，放弃了许多与女人偷欢的机会，可那样的女人像大海中的潮水一样，浪花翻腾着从各个角度闪现——或温婉可人的，或千娇百媚的，或楚楚动人的，还有一些仅仅需要一些金钱便可以让他一亲芳泽。

在心意沉沉、意志消极松懈，尤其是在感到钱多得没有用处时，为了犒劳入世的艰辛和疲惫，也为了表达对舒那那种过分自我、对物质生活不屑一顾的不满，林白也偶尔偷偷与别的女人有过几次鱼水之欢。那种放纵自我的感受使他有着作为成功男人的优越感，然而事后也会产生一丝空洞虚无的悔意。

林白需要借助生命中那种真实淋漓的放纵，来平衡内心与现实的紧张关系，需要借助别的女子，来激发对舒那纯粹的爱恋。那种角度一新的爱令人费解，但在他看来，那种用身体贴紧，用手臂轻轻拥抱着舒那，一觉醒来有她存在的幸福和满足感，胜过了在一起翻云覆雨。不过，他还是不得不同意了舒那提出的要与他分床而眠的要求。因为舒那觉得，一个人睡轻松自在，有利于保持思想的独立和情感的自由。

当然，在舒那知道了林白与别的女人的关系之后，心里还是有了痛苦，不过那痛苦后来很快转化为她对丈夫的理解与宽容。她认为在商场上征战的丈夫是个受了委屈的、可怜的孩子，被众人、被现实、被物质卷入大时代的潮流而无法自拔，而她也无力去让他放弃对成功的追逐，因此丈夫偶尔拥有几位花朵般的女人，也算合情合理。

也许是因为赚到的钱实在太多了，多得没有地方花，林白喜欢上了收藏。他买了许多世界名画，在夜不成寐时会独自到储藏室欣赏那些画儿。他经常在想象中与画家们对话，借助于那些画作来唤醒和激发内心对美的认识，对舒那的爱恋，也借此暂时逃避世俗的成功，获得轻松自在的片刻。虽说舒那为他能有那样爱着自己的角度而感动，也一直认为在这个世界上再也找不到一个比他更愿意理解和包容自己的男人了，但她还是决定要离开他了。

在三十六岁生日那一天，舒那不想再要属于一成不变的生活，属于某个男人了。

她意识到自己不知不觉间已经活得特别虚假——虽说她渴望精神生活胜于物质生活，可生活中的她却不得不面对一些具体琐碎的事情。她想成为优秀的诗人，活得像一颗璀璨的星子，可供众人在深夜时仰望与想象，可在嫁给丈夫的十六年时光里，她为他做饭，陪他睡觉，和他一起生活，那点点滴滴的琐碎事情消耗着充满幻想、有着一颗诗心的她。那种日积月累的消耗，使她经常莫名地烦躁，令她渴望放下一切离家出走。

她也会莫名地妒忌林白的成功，因为在她看来，两个人的活法背道而驰，林白在现实中的成功与强大无形中在否定她对诗歌的爱好，对精神的渴求。她需要彻底属于自己，属于梦想，因为她也是有野心的，她多年来虽说一直在写诗，却并没有写出一首自己真正满意的诗——她需要完全属于自己，才有可能写出满意的诗行。

由于舒那一天班也没有上过，没有经历正常人在社会中应有的磨砺，她的内心纯净娇嫩得像一朵水中的莲花。虽然她不再年轻，可看上去仍然像位含苞待放的小姑娘。她那像仙子一样的存在，让林白无法拒绝她的任何一个请求。例如舒那不愿意生孩子，他也顺从了她。可舒那知道他想要个孩子，因此主动提出离婚，理由是该有一位女人为他生个孩子。

120

林白不想离婚，可舒那又提出了这个问题。恼羞成怒、气急败坏的时刻，林白甚至认为，与妻子离婚是件天大的好事，因为他以后便可以没有负担地与不同的女人在一起，也未必不是一件赏心悦事。虽然他的身体已经微微发福，肚子也鼓了起来，不再青春年少，可仍会有年轻漂亮的女人因为他的成功，他的财富而爱他。尽管那些女人有可能爱上他的成功和富有，但谁又能说那种爱不是发自内心呢？再说成功与富有如果没有人欣赏，还有什么意义和价值？

　　不过想法归想法，林白还是不想与舒那离婚。他对舒那说："你可以去你想去的任何地方，过你想过的任何生活，我等你回来。我真希望你能对物质产生强烈的欲望，如果你愿意，哪怕你花掉我所有的钱我也高兴，可你却视金钱如粪土，为赋新词强说愁，这不是让我纠结为难吗？"

　　舒那的决心已定，她说："我需要彻底孤独的自由。我要去受点苦，去体验另一种生活，去感受到灵魂的存在，它应该是激烈的、鲜明的、充满了爱与美的体验的……但是现在这种一成不变的生活让我想要发疯！"

　　林白沉默了一会儿说："你有没有想过，在你离开我之后是否还能拥有现在的一切？因为我只想为你成功，在你离开之后我很有可能会变成另外一个人。我会在短短的时间里变得一无所有。因为在你离开之后，我会对一切心灰意冷，会自暴自弃、挥金如土，把现有的一切都挥霍殆尽！"

舒那微笑着说："如果真的能一无所有的话，我会为你高兴。因为在我看来，一无所有会使人的生命散发出一种别样的光辉，而充满了优越感的成功人士，只能被越来越多的人妒忌！在这个世界上你获得的财富越多，越成功，就会有越多的人对你所取得的一切感到不满，因为你占据和阻碍了他们生存和发展的空间！"

舒那不可救药得令林白气愤，他大声地说："你要清楚，正是我这样的男人推动着时代的发展和变化，我的公司养着上千号人，是我在给他们发工资，使他们生活得越来越好！好吧，既然你那么不现实，你非要离婚，就请你净身出户吧！"

林白是那种深谙为人处世之道、积极融入现实、拼搏进取的男人。通过近二十年的奋斗，在他四十岁时成为一家上市公司的总裁。他的财富几乎可以满足舒那物质层面的任何需求，可舒那所需要的却并不是名车豪宅、珍贵珠宝、锦衣玉食。相反，她觉得林白滚雪球般的财富增长，会使他越来越不清楚自己为什么而活，而作为富人的妻子，那种强加在她身上的奢侈生活和优越感，竟然也会使她莫名地产生了对穷人，甚至对自己的厌倦与憎恨，那是她不想要的感受。再说林白所拥有的财富，也并非完全合法到不至于损害别人的利益，因为他为了达成商业目标，经常会给一些人送礼，甚至还装修了高档的私人会所，供他们享乐。

自从财富多到了一定份儿上，舒那与林白不再像最初时那样亲密无间，似乎不断积累的财富拉开了他们的距离。舒那认为林白的成功使他无形中变得财大气粗，高高在上，对一切都不再看在眼里。这无形中对她也造成了一种伤害，让她觉得在过着的是一种虚假的、不可靠的生活。为了体验有滋有味、真实淋漓的生活，舒那特意跑到散布在大街小巷中的饭馆，或服装店，去吃便宜的饭菜，去买几十块钱一件的衣服。

舒那想过穷人过的生活，为此她还辞退过家中的两位佣人，把活计全部揽在自己身上，凡事亲力亲为。她去市场买菜时享受故意与小贩们讨价还价的快乐，觉得那也是一种人生的乐趣。在她漫无边际的想象中，也想过要变卖掉那些贵得吓人的名贵红木家具，从豪华的别墅搬进简陋的出租屋——最好是那种能够听得到市井喧嚣之声的街边楼房，因为适当地忍受那些噪音，看着那些在小街巷中形形色色为生活奔波忙碌的人们，对她来说也是一种融入人世的修行。

林白的钱多得没处花，在一些大城市置办了大量房产，结果短短几年，房价成倍上升。那在舒那看来是不正常的，因为房价的快速增长给更多的人带来了压力，使他们买不起房子。因此林白在希望舒那经营那些用来出租的房产时，舒那对此毫无兴趣。林白也只好请了一个信得过的人，专门负责出租房子，收取房租，然后再把钱交给舒那。舒那对收钱也没有一点兴趣，似乎钱多了对于她来说是种负担，让她在无形中变得心浮气躁。

舒那认为大多数人都在过的，尤其是穷人在过的那种生活才是可歌可泣、真实可感的生活。那些人有痛苦和心酸，有不满和牢骚，也有简单的快乐和幸福。不像衣食无忧的她，没有任何物质上的压力，却会时常感到空虚和无聊，甚至感觉不到是在过有意义的人生。

离婚之后，舒那放弃了所有财产，从豪华别墅搬出来，住进了唐诗公寓。

林白那时已有打算，也不觉得让舒那一无所有地离开太过分了。舒那安顿和收拾好一切，想外出旅游散心，在她背着行李离开家时，大街上的一男一女，两个穿黑衣的人悄悄跟了上去。那两个人是林白花钱请来的，他怕漂亮且柔弱的舒那在旅行的路上会遇到什么不测，要求那两个黑衣人像隐形人一样不能暴露自己的身份，舒那走到哪里他们就跟到哪里，随时随地向他汇报她的行踪。

林白根据不断得到的情报，又出钱请来能说会道、又不乏真才实学的学者，身怀绝活、让人感兴趣的民间艺人，乐观向上、可以为人消愁解闷的通俗歌手。他相继派出他们，让他们装成旅游者去与舒那认识，和她交朋友，陪伴她一些时光，以观察和记录她的言行，把为她拍的照片，一并通过短信、电话和寄信的方式向他汇报。

林白安排好一切，躺在沙发上想象着完美的跟踪、贴近舒那的行动，在心里有着一种别样的兴奋。他甚至幻想易容改貌，亲自去与舒那亲密接触，幻想变成空气和风，能够无色透明地包围和吹拂着舒那，享受着和她在一起，看着她在人世间行走，露出会心的笑容。

林白后来还找过一个充当骗子的人，为的是让舒那经历身陷绝境，身无分文，让她真正体会一下什么叫现实残酷，什么叫人心险恶。他最终的目的是希望舒那重新回到自己的身边，可身无分文的舒那却找了一份勉强生存的工作。林白认为那种粗活会磨坏了舒那娇嫩如花瓣一样的双手，因此又让人扮演警察，捉到了"骗子"，把舒那失去的财物归还给她，以便她能继续旅游。

那时，林白以一种全新的方式爱舒那，感受到舒那在远处的别样存在。他导演和支配着舒那的同时，不再关心自己的事业，也不再因为与别的女人偷欢感到快乐，他越来越清楚地认识到，舒那才是自己的全部。

林白在派出诗人张叶的时候想过让张叶爱上舒那，以便能够分享那种爱着同一个女人的感受，但那种爱只能是假的——他没有想到的是，张叶在与舒那结伴同游的过程中，花着他提供的钱，却真的爱上了她。

张叶忍不住对舒那坦白了自己是林白派来的，任务是把与她相处的点点滴滴写成文章或诗歌供他阅读。

舒那吃惊地看着张叶。

张叶看了一眼蓝天白云说："通过我们的相伴和交流，我发现你那颗自由、博爱、充满幻想的心与我的心特别相近，使我想要和你成为一个整体。你的存在引发了我对爱的渴望，因为你在看着风景时微笑着的模样有点儿像观音的微笑，让我觉得只有爱上你才能更好地去领会如何爱着世间的一切！"

舒那继续看着张叶，有点儿不知所措。

张叶继续说道："请让我代表一棵树，一片云来拥抱和亲吻你吧！你不是一直想写出一首好诗吗？诗歌正是我终生的事业，因为我已经活成了一首诗！现在你在我的眼里，也是一首诗了——从今以后就让我们在一起吧，让我们一起去追求纯粹的诗歌和诗意的人生吧！"

舒那微笑着，看着张叶，欲言又止。

张叶也看着舒那，忍不住动情地说："你简直就像全世界，像超越凡尘的仙女，我爱你，爱你，请让我亲吻你吧！"

张叶拥抱了舒那，两个人在一起抱了很久。

张叶感受到现实无处不在，让他无法否认，也无法全身心地投入，因此在分开时他说："也许在不远处，正有人用望远镜看着我们，我们一直在被两个黑衣人跟踪……"

两位忠实的黑衣人把张叶爱上舒那的情况很快向林白汇报了。张叶想到了这一点，不过他觉得这是迟早的事，他得和林白好好谈一谈。很快，那两位黑衣人把张叶从舒那身边带走，他被带到一个装修豪华得像皇宫一样的私人会所，他抬头看到林白正端坐在一张宽大的、暗红色的巨大木椅子上。

林白用皇帝般目空一切的、冷冷的眼神看着诗人，挥了挥手让身边的人走开。他没有说话，似乎是在等着诗人主动开口，向他开口解释一切，承认自己的罪行。

张叶怀着歉疚的心情说："林白先生，舒那向我讲述了你们的过去，我知道你很爱她。你有着让你骄傲的成功与财富，但你高高在上的态度却会让人鄙视。因为你不懂得作为一位成功且富有的男人应该越发保持低调，并不懂得爱一个女人也得爱着世间的每个人。因为只有你足够善良，足够美好才配爱着，才能让你所爱的人真正生活在爱之中！"

"呸，你给老子闭嘴！"林白突然站起身来逼近张叶，用炯炯有神的眼睛狠狠地盯着他，试图让他在自己的目光下臣服。他大声地喊道，"你以为你是谁，竟敢教训我？你难道不知道该怎么向我乞求原谅吗？你不就会写几首诗吗？信不信我现在就可以让你立马消失？"

张叶笑了，他说："你太自以为是了，你怎么有权力让我消失呢？虽然你爱着舒那，但这样的你怎么配得上爱她？如果你真正爱她，倒不如放手。因为我和她都活成了诗歌，当我们拥抱在一起的时候，那种美妙的感受使我们可以写出最美的诗行，将来被所有的人在心底默诵！"

林白用气得颤抖的手指着张叶的鼻子说："一派胡言，你已经拿了我的钱，我有权要求你离开她！你现在就给我写个保证书，保证你不再与她有联系，否则你就饿死在这儿吧！"

张叶却用了一天一夜的时间，完成了一首长诗。

第二天早上，饿得头昏眼花的他把诗歌交给了林白。

中午时分，舒那和林白同时出现在他面前。

舒那对他说："你写的诗我看了，真得谢谢你，那正是我想要写出的诗歌，你已经让我活在了那首诗中，我们都活在了那首诗中。你是真正属于诗歌的，我只配当你的读者。我得请你原谅，因为现实世界需要尊重，在这个世界上，有人

128

写诗也有人做生意，尽管活着的和爱的形式千差万别，但所有的人都在按照自己的方式在活着和爱着。"

林白走过来，脸上有着冰释前嫌的表情，他与张叶拥抱了一下，和颜悦色地说："对不起，你真是太伟大了！谢谢你的诗歌让我明白了该如何爱舒那！请你放心，我以后会用我所有的财富做些让世界变得更美好的事情！"

望着林白，张叶明白了舒那之所以那么说，那么做，是因为她了解林白决不会放手，甚至会干出伤害自己的事情。无论如何，他得离开所爱着的舒那，他拯救不了她，甚至也无法想象在将来可以给予舒那理想的生活。

"祝福你们！"张叶望着舒那和林白说，"既然如此，我就该相信你们可以继续生活在一起，而且可以获得幸福。"

走到外面的世界里，张叶的心里虽说会有有种难过的情绪，不过那种难过就如空空荡荡的天之蔚蓝，也使他产生了一种莫名的、无牵无挂的喜悦！

安琪的眼睛

爱不是彼此拥有,而是彼此想象。

——莫高森

安琪是位四十出头,性格孤僻的女人。早些年喜欢写写诗,结婚后却放弃了。

前两任丈夫先后因病过世,她又嫁给了一个男人,那位男人虽说满意她不俗的容貌,前两任男人留给她的丰厚财产,却不堪忍受长期被拒绝同房,最终也恼羞成怒地与她分道扬镳了。

在回顾过去时，安琪感到男人对女人的爱欲带着一种速朽的欺骗味道，使其被动地活成了众多女子中的一个，无法像仙子那样无欲无求，因此她也不想再和任何一位男子结婚了。

如果不需穿衣吃饭，她甚至连大门都不想要出。她刻意与外界保持着距离，甚至在心情烦躁时设想以自杀来结束显得冗长乏味的一生，以保持她水仙花般清雅柔弱的自我。她缺少自杀的勇气，却又不能心甘情愿像个普通人那样活得有滋有味。仿佛是为了对抗活着，她买下一块墓地。实在无处可去，又不想继续待在房间时，便去墓园静静地待上一阵子。

除了诗歌，她还喜欢绘画。艺术能够使她感受到一些美和爱，使她隐约渴望有才华横溢而又眼明心亮的艺术家懂得她、爱上她，也能够使她借助于别人的爱恋来激发自身的美。

有一次她在诗人街的一个画廊里看上了一幅画作，画面是浪花翻腾的大海，金色的沙滩上有三支紫色、红色、白色的玫瑰。玫瑰仿佛在跳舞，让她联想到玫瑰正代表了逝去的爱情。想到三位先后离去的男人，她觉得所有男人就像翻滚的浪花，在无休无止地喧哗。那一刻她觉得自己真正爱过他们，只是他们去了别处。

既然要继续活着，总得找点什么事儿做，以证明自己在活着，何况那幅画给了她重新恋爱的冲动。安琪想要买下那幅画，她想，画出那幅画的画家，有可能就在那片大海边金色的沙滩。

画家叫莫高森，生活在诗人街上的他渴望通过夜以继日的绘画，来活成人类的一个代表，像达·芬奇或凡·高那样，通过创作出的作品在死后继续活着——被人谈论和想象。

他经常被终究要落在画布上的千变万化的颜料所困扰，手握一瓶白酒，苦苦思索某个触动他的瞬间，思索有可能迸发出的灵感如何嫁接于画中，以证明人在理想与现实、时间与空间中恰到好处的存在。

他拥有画下一切的激情，曾经挥舞画笔画下日月星辰、田园村庄、树木河流、高山大海、城市建筑、万家灯火、人声鼎沸。他几乎不曾间断地画着，即使在与人喝茶聊天时仿佛也有另一个他，在别处无声地画着。

昔日无数个日夜挥笔所积淀下来的熟能生巧的绘画技能，仍然需要稍纵即逝的灵感来开启，让画笔恰到好处地落在画布中——停顿时，火一样的创作激情与激流般强劲的绘画思维，仍在马不停蹄地勇往直前；落笔时，生命中对万物的感触又需要假定的静止，取消或减少落笔时的盲目。

画家莫高森自有一个天地，但安琪初见他时却有些失望。

原因在于，莫高森穿着过于随意，身上也被颜料涂得斑斑点点，显得有点儿邋遢。他生着一颗大脑袋，胡子拉碴，粗手粗脚，眼睛、鼻子、嘴巴都生得过于粗枝大叶。好在他的目光炯炯有神，放射出洞悉一切的光芒，使人觉得他与众不同。

安琪没有继续望着莫高森，她把目光转移到那幅画上。

看着那幅画，她觉得画作的主人莫高森先生可能会变成一位残酷的猎人，改变她人生的轨迹。过去，她与之生活的前三任丈夫都让她产生过逃避的感觉，最终却陷入爱的陷阱，他们使她清楚自己，本质上她并不需要与任何一位男子共同生活得太久，因为她希望像一颗钻石那样与众不同，活得自我，而又受人瞩目。

"说说看，为什么喜欢它？"

莫高森笑着，望着脸像白冰一样的安琪。他想看到她有些空洞的大眼睛里的光。在任何时候，他都想要抓住所见之物的重点，通过线条与色彩来把握和建构一切。

他笑得无遮无拦，让在人群中习惯了虚伪的人会感到有些不自在。见安琪没有回答，他又笑着说："我知道，这幅画会让人联想到爱情。我想象了世间所有的爱情，以及人内在的纯粹的欲望，画出了这幅画！"

安琪好奇地看了他一眼。

四目相对时，莫高森却产生了想要画她的冲动。他觉得

133

安琪像一位风姿绰约、心思奇妙的佳人；又像一口深井，让他渴望从中取水。他还兴奋地感到，她那双大而空洞的眼睛需要他用生命中纯粹的欲望来点燃，让其焕发出光芒。他也乐意为她奉献，以便使他的强大得以彰显。因此莫高森盛情邀请安琪去自己的画室参观。

从画廊一角顺着一架木梯子上去便是画室，画室四面是金色的墙壁，地上铺的是暗红色橡木地板，房中全是已完成的或未完成的画作，散发出浓重的油彩味道。

那些五花八门的画作如同自有一个世界，让人产生奇妙的想象，以至于安琪觉得自个儿就应该生活在画中，至少能有一阵子生活在那样的画室里，去感受，去认识，去经历那些画，去热爱，去了解，甚至去走进那些画，使自己脱离纷纷扰扰的俗世，忘却在人世的孤单与烦恼。

因此，当莫高森提出让安琪做自己的模特时，她犹豫了一下就同意了。

莫高森说："现在的你是封闭的房间，我相信能够帮助你打开一扇窗子……"

安琪默默看着画作，把那些画与莫高森联系在一起，试图弄清楚画作与画家之间的关系。因为，只有感受并认识到对方的存在，才有可能支配并拥有。

结果，她感到自己那颗水晶一般的心在溶解——艺术以及画家带给了她莫名的感动，使她渴望献身于带有魔力的艺术。

莫高森看着安琪的背影，看着她穿着蓝绸裙的鲜活身子，产生强烈的欲望。似乎那种欲望得以实现，将会是对他长期投入作画的无私馈赠。而由身体彼此融合达成的合作，像白天与太阳的合作，夜晚与星月的合作，可以让他的生命更加丰富。

安琪感到画家正在盯着自己看，她回过头看了一眼他。那时，她多少还担心画家是个有才华却粗俗下流的男人，也怕自己会对他产生不好的感觉，破坏了对他的想象。

"亲爱的女士，请允许我直接一点儿，我想要你！欲望使我像孩子一样。你现在可以展开奇妙的想象，例如，把我们想象成两只熊。你知道吗，在作画时我会否定钢筋水泥筑就的高楼大厦，把一切化简想象成自然的森林……"莫高森看着安琪，低低吼叫了一声，然后笑着说，"有时我把自己想象成一只熊，自个儿摇摇晃晃走路，我也会模仿熊的动作，低低地吼上一嗓子的。"

安琪有些吃惊地望着他，半晌没能说出话来。

"请看镜子！"莫高森用热乎乎的粗糙大手拉住安琪柔软冰冷的小手，让她来到一面镶着金边的巨大镜子前，笑着说："请看着你的眼睛，它不会欺骗你。你想一想，是不是虚伪的，自以为是的人群，以及沉重世俗的琐碎生活，让你产生了厌倦？可是，从现在开始，我将给你以真和美，力量和想象，激发你对万物的热望！"

安琪看着镜子，那颗枯寂冰冷的心渐渐涌出一股酸涩、带点儿甜味的汁液。

她想说什么，可又能对他说些什么呢？他是那样的别具一格，就像无所不知的上帝，能感受、支配一切。

莫高森这位天才画家，以最快的速度打破了与她的界限，充满激情地拥抱了她，就如超越时空，忽略一切，拥抱了他们立体可感、彼此存在的丰富。

他抚摸、亲吻她那瓷器般生硬的、冷冰冰的脖子和脸颊。那种抚摸和亲吻如春风吹拂着大地，火热的太阳照耀着茫茫雪野。

莫高森拥抱着安琪多少还有些古板的身体，本想用他那双大手野蛮地撕破她的衣裳，使她尽快呈现，以惩罚印象中所有扭扭捏捏的女人。可他没有，他隐忍着，因为他不希望自己的粗鲁让她感到不适。

安琪闭着眼睛，试图通过对黑暗的感受进入梦境。她觉得只有借助于梦境，才能接受一个男人对她的侵袭。她并没有过分反抗的意思，以至于那种逆来顺受的态度，使她觉得自己有些下贱。

不过，没关系，她想到了这一点，人活着总要适当地敞开、接受外界对自己的改变。何况他是位优秀的画家。她愿意被他侵犯，被动地成为他岩浆般爱欲的出口，成为他盲目地热爱一切的对象。

莫高森感到安琪有点儿像无知少女般不解风情——要么是在假装矜持和清高，这使他有些恼怒。他要赋予她爱与热力，他对世间一切美的感受。于是，他把她抱到了厚实宽大的松木桌子上，脱掉了她的裙子，用隆起的部分填充她的空虚。

仿佛只有如此才能获得和给予，才是尊重或嘲弄了他们生而为人的真实。仿佛唯有如此才能打破人与人的局限，一起去亲近自然和神灵，与世间万物融为一体。

莫高森看着安琪的眼睛，想从中捕捉到她生命中最真切的变幻，那上千种美的瞬间开放。他所获得的非常有限，因为在一起的整个过程安琪面无表情，一声没吭。

他忍住抽她几耳光的冲动，想要通过时间看到她的变化。

在完成爱欲的过程中，莫高森有过要成为她丈夫的念头。那种念头使他认为，他一直是在通过理性克制着成为一个女人的丈夫，以免落入婚姻的俗套——他并没有错，有时却又认为，作为人类的一分子，自己活得难免有些狂妄自大。

当然，真正的大师不会拘泥于传统，他很快抹掉那个一闪而逝的念头。

人与人之间思想和情感形成了要命的滞差，那种滞差需要用艺术对人类产生的广泛作用消弭。莫高森认识到这一点，觉得应通过绘画去创造一个全新的世界。在那样的一个世界里，他与安琪的关系将会变得接近完美。

他有着艺术家的敏锐，明白安琪为何会有那种表现，那正是人在社会中形成的道德感与羞耻感在作怪。那是一种陈腐的人在社会中道貌岸然的存在，那也正是许多人迷失自我变得虚伪的根源。

人类掩蔽真实的自己，却又不择手段地去获取一切，以满足种种欲求，十分可笑。莫高森与安琪的交合，应是他们灵魂的渴求，是对彼此庞杂世界的一次辉煌的告别，可以使他们产生轻松愉悦的、爱着并幸福着的感受，有利于他们折身返回现实世界，更好地去生活和创造。

莫高森第二次与安琪在一起时，安琪睁着眼睛看着赤裸的莫高森，让他通过自己的眼神感受到她在需要他和爱着他。

莫高森看到她的眼睛，她的眼睛终于湿润得像阴天，泛出泉水般清亮可爱的光。那终于让他相信，彼此身体的相互融入，不仅仅是为了欲望，还是为了灵魂需要通过肉体的摩擦和碰撞来唤醒和激活，使之充满色泽与生机。

当安琪开始呻吟喊叫、享受彼此的欢爱时，莫高森却感到自己的内部电闪雷鸣，暴雨如注。他用手揉抚着安琪的身体，轻轻抽打着她的脸庞，使她兴奋地破碎、融化和流淌。

安琪用尖尖的手指划破了他粗实的胳膊大腿，甚至用牙齿撕掉了他的一撮胸毛，使他感受到她就是一只发疯的狐狸，一瓶毒药！

莫高森与安琪这两个各有自我的人，相互怀着对彼此的莫名憎恨与厌倦相爱了。

两个人的世界融为一个世界。

安琪放弃过去，渴望通过莫高森获得新生。

莫高森放弃对世间美好的热爱，专注于安琪一人。

因为安琪，莫高森的灵思泉涌。

安琪除了充当模特，还负担起照顾莫高森的饮食起居。

两个人同吃共眠，彼此向对方敞开，他们在房间中散发出芬芳的气息。

一个月后，莫高森完成了那幅画作，起名叫《安琪的眼睛》。

安琪赤身裸体地走动在画室里，盯着画上的自己，她感到莫高森对她的认识和理解比彻底地爱上并融入了她还要多，因为他把她所无法认识和感受到的自己，她的灵魂，从躯壳中提取出来，融入了线条与色彩，变成一幅画作。

那幅画画得太棒了，简直能构成人类对自身认识的源头。

安琪盯着那幅画时，感到肉体生命在消失——那使她忧伤难过，却又使她兴奋莫名，因为她真切地感受到自己在活着，有灵性地活着。

她很久没有要哭的感觉了，在那幅画作前，她的泪水抑制不住，畅快地流了出来。

那时的她有了私心，她认为必须得嫁给莫高森，彻底拥有他，死后也与他葬在一起，那样才能给自己活着的现实一个完美的交代。

她恨他给了自己那种感受，恨他让自己产生了要生个孩子的渴望。

在一场酣畅淋漓的交合过后，她用手捂着发烫的脸，看着身上有着一道道抓痕的莫高森，欲言又止。

她爱他，这个创造了她、也在试图创造世界的画家。她想通过彻底属于他而属于世界。当然她也明白，那种爱是自私的，自己的需要未必是莫高森的需要。

"我的熊，我的上帝！"安琪用水汪汪的眼睛盯着莫高森说，"你得娶我，你想过要娶我吗？"

莫高森笑着，看着安琪说："我爱着你，也爱着世界。我想过要娶你，过现实中男人所在过着的那种家庭生活。可我不能，我还必须与现实保持距离。距离产生美，这是个真理。事实上距离也产生爱，爱不是彼此拥有，而是彼此想象。是时候了，我们应该分开了。"

"我想嫁给你，和你有一个孩子。我会为你喜欢上柴米油盐，做一个普普通通的女人。我不想回到过去——是你改变了我啊，没有你我简直没办法再继续活下去！"

"我怎么听着你像是在唱戏？事实上，那仅是你并不可靠的想象和感觉。你离开我之后，才能成为自己。想一想吧，做一个在大街上人人都可以欣赏的女子，那是多么好哇！你行走在人群中，属于生活，属于自己，也属于世界。我爱你，爱着那样的你，而不是在我身边的你。我属于绘画，得不断画下去，有时我身边不能有任何人来干扰，请原谅我没法儿和一个具体的女人长久地生活在一起。"

安琪感到莫高森说得合情在理，她也理解，因此没有必要再固执地坚持。得到的已经够多，不应该再有别的奢求——虽然那样想，可和莫高森在一起的欢乐时光，使她在确定要离开后还是忍不住难过得流下了泪水。

抹掉晶莹的泪水，心有不甘的她说："走出画室的将会是我的空壳，而真实的我却留在了这儿！再见吧，莫高森先生！"

莫高森摊开双手，歪着硕大的脑袋，张了张大嘴，没有出声。

他清楚，没办法，他不能为她有过多停留，他还得继续画画。

安琪从画室走出去，看着外面的高楼大厦，车水马龙，感到自己迈动的步子却是轻飘飘的。她的那颗心空了一般，没有方向。外面有太多的人，似乎都在挤压着她，使她扭曲变形，使她感到就如同漂浮在茫茫大海上。

后来，她疲惫地在街边的一块石头上坐下来，如同在时光中静止下来。她开始回忆，想起与莫高森翻云覆雨的场面，想到从前的三个男人，最后又想到总是扑面而来的，无法逃避的世俗而繁杂的生活。

在回家的路上，她感到自己在逃离，又在接近莫高森画中的自己。她脑海中浮现出那幅画，感觉画中的她对自己眨了一下眼睛，似乎是嘲弄现实中的她，可也让她认识到现实的重要。她不缺少物质层面的东西，即便是精神上的需要，在现实中也总会获得一些。她没有必要与整个印象中的人类和强大的现实对抗，没有必要死板地爱着莫高森。

在离开莫高森之前，那幅《大海与玫瑰》已经挂在了她的家中。

她怀着变得轻松愉快的心情回到了自己的住处，想象着莫高森的模样，觉得远远地想着他也好。她要放弃过去的自己，放弃一些执念，投身到生活中去，让自己去理解和包容得更多。她想以少女般的纯洁、荡妇般的放浪，成为莫高森所希望的、活色生香的她，一个真实的女人。

是啊，她需要更多的人去欣赏，需要以她的美好去体验和获得更多。

她还需要重新捡起对诗的热爱，成为一名诗人。

莫高森起身去欣赏画中的安琪时，就好像那画是另一个人所作，而他只是观众。

他觉得安琪的那双眼睛，像狐狸的眼睛那样多情，像绵羊的眼睛一样柔静，像鹰的眼睛那样高蹈执着。

那双眼睛令他着迷，令他感受到自己的生命空间具有了一种永恒的东西。

他想，多么好啊，她活了，在自己的画中！

莫高森从画中也看到了自己，他的存在如同一种变化的底色——他黄铜般瘦削的脸，宽大的额头，格外凸出的鼻子，鼻子下方乌黑卷曲的胡子，那双布满红血丝的眼睛，以及他那有力跳动着的，像颗小太阳一样的心，结实的肉体，这一切在燃烧，散发出光热。

虽然莫高森先生无法让安琪从画中走下来，不过，他确信在苍茫人世间、在熙熙攘攘的人群中，确实有安琪这个女人，她的存在，在别处，有着上千种可能。

教别人写诗的人

请你爱我吧，就在今晚。

——李多多

碌碌无为，一事无成的李多多是位喜欢思考的诗人。

由于思考得太多，他感到自己成了一面镜子，足以使人照见自己。

他经常对人说："一个人是另一个人的镜子，当你认识到这一点的时候，即使你是一无所有，却已拥有了很多。"

诗人街上生活着许多不现实的人，而李多多则被人认为是位空想家。后来有位好心肠的人建议他去做件实实在在的，对别人，对自己都有益的事情。

他有感于对方的善意，表示会考虑，因为他也不想一成不变地活着，活在幻想中。

李多多走过许多地方，看到很多风景，也认识过许多许多的人，但那过去活过的内容在他的头脑中模糊成一团团秋日里的雾，在他的心里成为一片浩渺的水。那些感受使他想要写诗，他也写过不少，可没有谁认为他是一位真正的诗人。

在一个失眠的夜晚，李多多要去寻找一个对于他来说全然陌生的人，要试着教那个人认识诗歌。他跟随着自己的想象走到现实的大街上，那时整座城市依然灯火明亮，而他要去认识这座城市中的某个人。

诗人街处在较为繁华的地带，虽说是在深夜，大街上仍然有不少人在走来走去。

李多多遇到了一位年轻的、脸蛋圆圆的女孩。她像是某个饭店的服务员，当然也很可能是某个商场的售货员，总之她是在下班后通过诗人街，要走回自己租来的房子去休息的。

"你好，我迷路了……"李多多想了一个与陌生人搭讪的理由，在路灯下面带微笑地对她说，"请问，这儿是什么地方？"

女孩狐疑地望着他，他为了表明自己的身份，又说："我是一位诗人！"

"这儿是诗人街！"

"为什么叫诗人街呢？"

"因为这儿生活着许多诗人，谁知道呢？"

李多多发现自己并不真诚，而他不想成为一个骗子，想到这儿他干脆直说了："你是要回家吗，不如让我陪你走上一段路吧，我有些话想对你说。尽管现在我也不知道要说什么，不过你不必担心我是坏人。请问你叫什么名字？"

女孩不信任她，加快步子想要离开他，而他紧紧跟着她说："你知道吗，我因为想事儿想得太多，几乎忘记了自己是谁，我说的可是真的。这么说吧，此时的我们也许是在梦中相见了，而我们在一起梦游。"

"……"

"对陌生人说话总是尴尬的，但人与人要想要认识总得去说点什么。我看得出你刚下班，也许你正在回家……你看我像坏人吗？我只是想找个人说说话而已，你看，我恰好就碰上了你。你见到我这样一个陌生人也不用太紧张，这样吧，我不必了解你的生活，你姓什么叫什么，我就给你起个名字吧——小微，我突然就想到一个名字，送给你吧！因为遇到我，我感到你此时正在闪闪发光，你和我一起在发光。也许你不理解我这么说是为了什么，其实很多人都不能理解我，这个世界上的每个人我们也都不了解，我们甚至也不太了解自己，就像不太了解这个神秘的夜晚。"

"……"

"你可以这么想，我们并不是第一次见面。我与朋友们在某个地方吃饭，而你是那个餐厅的服务员。在吃饭时我与朋友谈论着一些谈过就会忘记的话，我们一杯一杯地喝着酒。当然我也留意了你，你的脸上总是挂着一抹纯朴的微笑。你的嘴角微微上翘地望着我，望着我们，安静地站在我的一旁。在吃饭吃到一半时我对你说：'我教你写诗怎么样？'你只是笑笑，低了低头不说话——就像你现在一样。我又对你说：'其实写诗很简单，你每天都会接触一些客人，每天都有不一样的心情，你肯定有话想说，想说什么就如写日记一样记下来，慢慢地，分成行，再删一些字，加一些字，也可以称之为诗了。下次你写一首诗，不管好坏，我给你一百块钱——我给你免费培训，不出半个月，就能让你写诗。将来我也许会开一家饭店，嗯，就叫诗人饭店，店里所有的服务员都是诗人，所有的厨师也是诗人，店里的每个包间都设一个书架，里面摆着一些诗人的诗集，而来饭店吃饭的人只要能写一首诗，不论好坏，可以打上五折……'"

"……"

"我现场为你作了一首诗，并念了出来，你到听我现场作的诗，感觉我挺好玩的。临走时我跟你要了手机号码，但我们从来没有联系，而今天晚上我又在路上遇到了你……我这么说你会觉得我不正常吗？你就当我在漫漫长夜给你讲个故事吧。其实也可以这样，我有了你的手机号码，开始给你发短信。我对你说，其实你可以把每天最想说的一句话编成短信发给我，这句话，就是诗。于是你在晚上下班之后，给我发短信。如果真是这样的话，你会给我发什么短信呢？"

　　"嗯……我可能没有什么心情给你发短信！"

　　"你完全没有话要对我说吗？"

　　"我又不认识你。"

　　"我是说，假如我们认识……"

　　"嗯，假如你是我的朋友，我是说假如……不，我想我还是不会给你发短信，因为我一回到家就想睡觉——我们每天早上七点上班，晚上十二点下班，每一天我都累得不想要再说什么话了。"

　　"唉，比起你来，我倒像是个游手好闲的人。我们可以成为朋友吗？我真的可以教你写诗……你以前看过诗吗？"

　　"没有……"

　　"你上学的时候语文课本有诗歌的啊——白日依山尽，黄河入海流，欲穷千里目，更上一层楼……"

"嗯……"

"有一段时间，可以说现在也是，我是在失眠中度过的。失眠使人健忘，我忘记了自己的过去，尽管过去所经历的时空仍然存在于我的生命中，和我继续前行。有些人和事只要经心去想想，还是能够想得起来，可我不愿意去想。我更愿意相信自己是全新的，新生的。我面对城市，感觉这是个全新的城市，甚至是不存在的城市。我喜欢胡思乱想，但并不是一个疯子。我十分清楚现在我面对你，一个既陌生又熟悉的女孩，你对于我来说也是全新的！这种感觉真好啊，我们的确可以有那样的感受。甚至，我们也可以重新来认识我们正在走的诗人街。我们走在这条大街上，这是一条实实在在的大街，在白天有形形色色的人和车在这条大街上通过，大街的两旁有书店，有酒吧，有超市，有银行，有邮局，有饭店——但是在今天晚上，在这条全世界目前只有一条的大街上行走的人全都成了诗人——只要你这么想，这么相信，对于你来说这就是真的。因为人可以生活在现实中，也可以生活在想象中啊。"

"哦，全是诗人？"

"是的，这条大街上全是诗人，至少是喜欢诗歌，想要诗意地栖居的人。有些人一开始并不是诗人，就像你现在也不是诗人，但是后来也有可能会变成诗人。有些人根本不了解诗歌，在别人的影响下也有可能喜欢上诗歌，甚至成了诗人。这条街是世界上无数条街道中的一条，这条街通向世界各地。我们可以想象一下，到了后来世界上所有的城市都有了一条诗人街。尽管有的诗人街可能只是一条很不起眼的街道，可有的街道也像北京的王府井大街、巴黎的香榭丽舍大街、美国纽约的华尔街那样繁华热闹。诗人街有一天甚至也会像圣城耶路撒冷那样，成为人们朝圣的地方。人们从世界各地来到最初的诗人街，手里捧着诗集，背上背着的也是诗集，人人都会念诵经文一样念诵世界上最优秀的诗人的诗，也念诵他们自己创作的诗。诗歌使人们变得特别真实、有爱、包容，好像每个人都理解了所有人的行为，每个人都以爱的方式在活着。人们都相信灵魂的存在，人人都在用诗歌一样的语言来传诵着自己和别人。人人还都有了一种奉献精神，他们自发地认为有义务使他人生活得更好，而不是成为别人的地狱。事实上，诗人街不仅仅存在于现实之中，还存在于人们的心中。每个人的心中都可以有一条属于自己的诗人街，在那条街上生活着一些他熟悉的亲人、同事、朋友……"

"嗯……"

"虽然我并不是一个热爱阅读的人，而且记性很差，不过鲁迅在《野草》中所说的一句话我是深有同感，他说——'当我沉默着的时候，我觉得充实；我将开口，同时感到空

150

虚.'是啊,我是个喜欢说话的人,有时我讨厌那样,因为所有的话都在向别人暴露内心,呈现自己的灵魂——尤其是在你遇到一个不理解你的人时,会感到特别痛苦。就像在今晚,我对你说过的话,也在使我痛苦,因为我同时在想,我为什么要对你说那么多呢?不过我还是得感谢你,小微,因为我确确实实认识了你,并给了你一个名字,或许我会根据我想出来的这个名字为你写上一首诗。请相信我吧,你可以改变自己,成为这条诗人街的诗人,你是那样年轻。我明显地感受到了,你的身体散发出女孩特有的、令男人欢悦的气息。诗是诗人代表人类发出的灵魂之声,是每个生命深处最神秘的,在试图说出一切真相的语言,是人们与世界万物对话的最高妙的形式,是我们在现实生活中,在世界上、宇宙间感受和认识自己的方式。去热爱诗歌吧,当你去热爱,你将会愿意去想象,去寻找那在你内部、在别处的人们身上会闪闪发光的东西——那或许正是上帝的一种存在。我在这条街上生活了几年,在这儿我感到没有丑陋的男人与女人,只有美好的男人与女人。在这条街上我想象着人们所有的言行都是诗意的,人们说出的话就是诗句。在这条街上人们对人生和幸福有了新的认识,而他们的眼神与言语会告诉更多的人,所有人应该有一个共同的信仰,那就是——诗歌。"

李多多不断地说着话,和那个女孩来到了一个城中村,那儿的每栋楼都有七八层高，在街道上有些烧烤摊还没有打烊："小微，我们一起吃点东西吧，如果你不饿的话，就陪着我吃一点，我说了那么多话，有点儿饿了。"

小微通过李多多那些话多少还是了解了他，因此点了点头。

"你真的叫小微吗？"

"在你这儿，我就叫小微吧。"她笑了笑。

"我这样说话你会不会感到奇怪？我想对你说的是，我现在看着你有点儿想哭。我不知道自己为什么会变成这样，也许是因为我是一位真正的诗人，真正的诗人总是很孤独——你来这座城市应该不太久吧？"

"还不到两年吧……"

"今天晚上我把想说的话，那些在我的生命里莫名其妙的话想说就说出来了，也许从来没有谁像我这样对你说话——你不觉得这有些特别吗？"

她扭着脖子，像是看了看李多多，又像是看了看他背后的巷子，想了想说："我想，是的吧！不过，我真的不懂诗！"

她真是个朴实的女孩。李多多想，她是生活在现实中的，像许多普普通通的女孩子一样的女孩，但是由于李多多觉得自己是特别的，因此也认为她同样可以变得特别起来。

李多多说:"你看夜晚多么神奇啊,天上有那么多的星星,我们坐在天空下,坐在夜色中一起吃点儿东西,这真是奇妙的存在。我们可以从多种角度去想,去感受这个夜晚。我遇到了你,和你走在一起,又一起坐下来吃烧烤,我对你说着也许在你看来是莫名其妙的话,你大约会觉得我这个人有点奇怪,有点神经质,可是我是正常的,也是真实的,而且我会越来越真实。假如没有我的出现,你会像从前的夜晚那样下班后一个人走向家里。你住在租来的房子,可能有个要好的姐妹,但是后来她交了男朋友就不和你一起住了。也许你交过一个男朋友,但后来他到别的地方去上班了……好吧,我们不要这些假设,你就是你,我就是我,我们坐在一起,成了我们的时间与空间中的我们,上帝在注视着我们,未写之诗在等待着我们,我们将从现在走向还未可知的未来……"

她是一个二十岁左右的姑娘,或许因为是在夜里,她在闪闪发光。李多多看到她在闪烁——她眨着眼睛,像是确实不懂得他在说什么,却又装作懂的样子。

看到她笑着看着自己,李多多几乎从她的注视中看见自己是个时而微笑时而严肃,有鼻子有眼,嘴巴动个不停的、留着长发的男人——那个他有欲望,他在爱着她,那个让他说了许多话的,在他的想象中被称为小微的女孩,让他渴望爱上。

“小微，我可以爱你吗？”他认真地望着她在昏暗的灯光中的脸说，“是这样的，我感到需要爱上你才不辜负我们的现在和未来，以及刚刚逝去不久的过去。我所说的并不是假话，你一定要认真思考一下再回答。”

　　“不会吧，大哥！”她吃惊地看着他，就好像她绝没有想到这个陌生人会对她说出那种话，因此她补了一句，“我们才刚刚认识不久啊！”

　　“我想要爱你的想法不仅仅是源自生命在夜晚沉淀下来的孤独，还因为我想到你也这么渴望，在我的感受中你应该这么回答我，你说：‘好啊，好啊！’如果是这样，省略了不必要的东西，该是多么完美啊。也许你的心里真的是这么想的，却故意装着吃惊的样子。你要相信，借助于夜色，借助于我们内心的光，我们可以穿越时空，到达未来，类似于未来的一种时空。要不这样吧，在今晚，我们来假扮情侣吧。我对你的感情是纯粹的，纯洁的，这么说吧，我并不想侵犯你，在现实中的你，你的一切。我只是想表达我对你的感受，我是真实的，我不想逃避。尽管你不一定能理解，我仍然要说，我想拉着你的手，并不是以看手相为借口；我想吻一下你的脸颊，并不是在趁你不注意的时候；我想抱着你，就像拥抱我的孤独。我的孤独像所有人的孤独，但我的孤独又是属于我的，我一直在做着一个漫长的梦……”

至少李多多看上去是自然正常的，因此她并不逃避他。她仍然是单纯的，甚至是无辜的，她像只小绵羊，善良的眼神就像诗句一般在闪烁。因为她的闪烁，李多多感到快乐和充实，同时还有着一种淡淡的罪恶感。

看着女孩，李多多说："请你爱我吧，就在今晚。让我们背着整个人类偷偷地相爱吧，让这个世界上所有的人都不知道我们相爱了，只有上帝知道。你可以相信，我正是你渴望要爱的那个男人，我将要改变你的一生，而你恰好需要这种改变。可以说，我就如这整座城市，假如你真正喜欢这座城市，对这座城市感到有些无奈的话，你总归是要在将来的时光中做出种种选择的。你要成长，成为一个女人。最终你会成为自己，成为一个诗人，成为一个有着独立思想和情感的，特别的人。那时你将不再被这座城市，被所有的人淹没，活成众人的样子。我需要你的爱，尽管你一时还无法理解——喝点酒吧，陪我。"

她端起啤酒杯，喝了一小口。

她向李多多讲述了自己的过去，在故乡的亲人，现在的工作和生活。她只读到初中，家庭的困境就使她不能继续读书了；本来她可以有一个富裕的家庭，健康的父母，可事实上她的家里很穷，父母都有病；她每个月只有很少的收入，节衣缩食，每个月还要给家里寄钱。在讲到生病的父母时，她的眼里有泪水涌现，看得出她责任感深重，也有在城市中生存与发展的焦虑和压力。她和许多来城里发展的女孩一样，将被城市中的诸多现实所伤害，被众人影响和改变，而并不太明确自己究竟要追求什么，需要什么。

李多多坚持要送有些醉意的小微上楼去，他的手感受到她温软的肉体，那么朴实的肉体，那带着些酸涩味儿的，有着青春与活力，有着生命质感的肉体在闪烁，仿佛那简洁的灵魂依附在那样闪烁的肉体之中，令李多多渴望去触摸。

进入房间，李多多看到她住着的那间简陋的房子，一张木制的单人床，一张破旧的桌子，一张塑料凳子。

李多多站在房子的中间，女孩示意他可以坐下来。

当时李多多想着要不要离开，离开后又该回到何处。他有住处，却又想留下来。他想要拥抱着她，而那时她也感觉到他是一个不错的男人，虽说有点奇怪得让她不好理解。

李多多不想做个好人，不想离开。他感到和她之间有一首诗还没有完成。于是他坐在了她的身边，坐到了床上，用手臂揽着她的肩膀，低下头去，扭着脖子用嘴唇吻她。

他闻到一股颤动着的芳香——她在稍稍地挣扎着。他脱掉她的衣服，抚摸她光滑的身体，要从她的身体上获得带着温度的、散发着微光的诗句。他在她的生命里打开了一扇窗，他几乎在欢乐中看到天堂的模样——可是当他们合在一起时她却哭了。

他心里开始感到难过，因为他想到，他如果不与她在一起又该怎样呢？他完全可以离开，但他为什么没能离开呢？没有离开，难道仅仅是因为欲望吗？或者他真的在爱她？但是，他们的爱在发生的同时又是那样的模糊，使他看不清自己，也看不清她，看不清他们在这世上的存在。

李多多对小微说："我想拥有你，成为你的一部分，也让你成为我的一部分。我想教你写诗，我想象在拥有你的同时可以让你明白——什么叫诗。我甚至想和你永远在一起，可是又觉得你应该经历得更多，而我不该成为你的障碍。我们都应该去经历更多，要看见自己的闪烁，要与别人的光相互照耀。面对你我是矛盾的——我想拥有你，又不想伤害你，我不知道这会不会是一种伤害，因为我很想和你相爱一晚。我的心里满是我想象来的痛苦与绝望，而这又会使我感到一种精神上的、感觉中的幸福，你能明白吗？"

小微点点头，又摇了摇头。

李多多感到她是许多个女孩的化身，是她们的一言一行，一举一动，是她们工作与生活的点点滴滴，是她们内心的想法以及生命中的爱。但她又只是她，她有她的现实和矛盾。人在各自的现实中都有着许多无奈，许多烦恼。他知道，他喜欢她是因为孤独，因为无数个失眠的夜晚，因为说不清的生命中具有的东西。他也是爱她的，他爱她就像是在爱一切人。

小微睁着圆圆的眼睛，看着李多多有些苍白的脸，像是鼓起勇气才那么望着他。她突然就笑了，笑得有些坚强，有些虚假，但她的笑很美。

李多多被她的笑打动了，那一刻他感到他们的时空是纯粹的，他们的灵魂在彼此的生命中像雪花飘向大地，像鸟儿沙沙飞过天空。

他想要记住她，于是又开始亲吻她。

推销诗集的人

爱应如太阳升起照耀着万物不求
理解！

——余发生

诗人街上有位个头不高、留着一
小撮八字胡的诗人叫余发生，他是一
位推销诗集的人。

以前的余发生和平常人没有什么
两样，虽说他也在写诗，可也有一份
工作，像别人那样过着朝九晚五的生
活。只是有一段时间，他想要把诗写

159

得更好一些，因此在那段时间里他除了写诗，对什么都不感兴趣，以至于他工作的单位认为经常迟到早退的他不再是位称职的员工，便找理由把他辞退了。

没有了工作也好，这样就可以更加专心一意地写诗了。

余发生也并没有在意失去工作的事，那时的他感到有一种无形的使命令他想要写出优秀的、成体系的诗作，成为大诗人。但要写出好诗，成为大诗人并不容易，在对照一些大师和天才式的诗人的作品之后，他深感自己的才华不够，为此他郁郁寡欢了很久。

住在诗人街唐诗公寓里的余发生与一些诗人也认识，有几位诗人读过他的诗，觉得他也可以称之为诗人了，成为诗人也相当不错了，人应该知足才能常乐——可他对自己写的诗总是不满意——他想写出理想中的诗，仿佛这样才能活得更有意义。

余发生平时是个节俭的人，工作时也存了一笔钱，因此可以一段时间内不工作。被公司辞退后，他暗暗发誓，以后再也不去为别人工作了——他想要依心而活，活成自己想要的样子。一位真正意义上的诗人，需要淋漓尽致地活着。问题是，要想打破以往的惯性并不容易，并不是人想变一种活法就可以顺利变一种活法的，这和想要写出好诗就能写出好诗一样有难度。

思前想后，余发生决定先自费出版一本诗集。

虽说自认为写得不是太好，可他还是想把过去写过的诗歌结集出版一下。一是总结过去，与过去做个告别，以便重新开始；二是他不想总是游手好闲地待着，想为自己找点儿事做。

他用了两个月的时间，精心整理了诗集，联系了出版社，几个月后诗集也终于顺利出版了。由于出版社并不负责给他卖书，两千册散发着油墨味道的诗集堆在房间里，显得满满当当的，令他十分发愁。他想过给诗人街上的诗人每人送一本，可又觉得诗集是自己的劳动成果，不该那样白白送人。

在夜里，余发生梦见那些诗集变成了一群喳喳叫着的鸟，哗哗啦啦飞向了灰色的天际，后来又落在故乡的村庄和田野里。醒来后他怅然若失，因为他想到了父亲和母亲，而他们已经去世多年，就埋在村庄外面的田野里。

人总是要死去的，自己将来也有那么一天——幸好他喜欢诗歌，还出版了诗集，总算在这个世界上没有白来一趟。想到这儿，他又高兴起来，觉得写诗是件相当有意义的事，他要把诗写好，最好能像李白和杜甫那样因为诗歌而流芳千古。

起床后他找到一本自己的诗集翻了翻，对自己写下的分行文字仍然不满意。把这样的诗集送给别人，别人会怎么评价呢？这么想的时候，他又有些不自信地对自己失望起来。

　　余发生有五个哥哥姐姐，哥哥姐姐的孩子们有些也大了，他想过是不是给他们寄上一些诗集，可他与哥哥姐姐们的关系不好，自从父母走了之后，就很少再和他们联系——想了想，还是没有寄——那使他觉得自己是个有问题的人，可他的问题似乎并不是他一个人造成的，仿佛他所处的时代发展得太快，每个人都忙着自己的事情，很少再想别人的事。

　　人人都有亲人和朋友，余发生有时却觉得自己没有了。他中学和大学时的同学也几乎不联系了。虽然有同学在网上建了群，他也从来没有在群里说过话。大家也很少在群里说话，似乎大家都挺忙，有很多事要做，没工夫说话。有几个爱说的，也不过是在显摆自己开了什么厂子，在什么地方又买了块地皮，又赚了多少多少钱，或者某某人升了什么职，有多少人求着他办事，谁又见了什么别人只能在电视里看到的某某大人物——但也很少有人去附和，因此他们说着说着也就没有了兴致。他本想在群里说一下自己出诗集的事，想了想也没有。他没有大多数同学有钱，更没有像某些同学有权有势，他甚至还没能像那些成家立业、生儿育女的同学，他觉得自己活得太失败了。

余发生大学时的同学，在同一座城市工作的也有几个，有时从外地来的同学会想起他，请他一起来聚一聚。他不想去，可又觉得不该拒绝。见面后他觉得大家的关系也不像大学时代那样要好了。似乎人人都爱说自己的成功与富有，用带着怀疑的目光看着别人，不相信别人说的话，不希望别人比自己强，把自己比下去。在吹过一番牛皮之后，买单时却没有谁主动，最终还是他把单买了。他不喜欢他们，也不喜欢和他们在一起的自己。他后悔把诗集送给了他们，因为他们不懂诗，也对诗不感兴趣，甚至对他也缺少应有的尊重——有的装成感兴趣的样子，也不过是随手翻翻，带着嘲弄的口吻赞美他两句，扭头又开始谈别的事了；有的把诗集放在屁股底下，散场之后也没有带走，让他觉得送给他们诗集，还不如送给餐厅的服务员。

余发生一个人待在家里，对着一面墙壁，一盆鲜花，一面镜子说话，自言自语。墙壁、鲜花、镜子，或别的什么物件不是人，对它们说话，说过也就说过了，几乎没有意义。不管他心里有再多的话，说得再多，只要没有人听到，对这个世界就没有什么用——但是他为什么还要说呢？因为他可以听见自己说话，也需要听自己说话。他还有很多没有说过的话，在心里时间久了，似乎就死在心里了——而那仿佛是一部分灵魂的枯萎，令他忧伤。

虽然余发生在现实中变得越来越冷漠，变得对什么都不太感兴趣，可他潜在的心理有着认识别人和对别人说话的愿望。他想，如果总是把自己关在房子里，和那些诗集在一起，不和外界发生关系，那他和那些诗集又有什么不同呢？他看到、听到、闻到、想到、感受到的一切都在他的生命里存在，那种存在是诗的内容。有时他有着更强烈的写诗的想法，甚至想着要为诗去做些什么。例如，总是把那些诗集放在房子里也不是个事儿，他得把诗集推销出去。他想，推销诗集可以成为自己以后的工作，为什么不可以呢？

余发生还从来没有向别人推销过什么，他没有经验，似乎也不好意思。不过既然主意已定，他得行动起来，朝着自己想见的方向前进了——他想象着另一个自己正从远方向他走来，与平时见过的推销别的商品的人几乎没有不同——那个他是抽象的，也可以成为具体的，或许他可以成为另一个自己，成为一名诗集推销员。他的诗集是商品，既然是商品，就应该推销出去，产生价值。

余发生拿着诗集，对着镜子里的自己说话，他说："这位女士，请买一本诗集吧！"

他又换了一种腔调说："哦，是你写的吗？"

"是的，不过你也可以认为这是一本别人写的诗集，甚至是一本并不存在的诗集。因为人人心里都有属于自己的诗，只要稍加用心都可以把它整理出来，形成一本——你可以想象，你正在翻阅的是一本没有字迹的诗集。"

"你这么说好奇怪……"

"哈哈，因为我是在对自己说话啊，我不过是想象了一个人——你，你是众人的代表。二十块钱一本，很便宜的，我相信买任何东西都不如买它值得，因为这本书里有一位诗人的灵魂或许可以与你产生共鸣！"

"哦，可是我太忙了，哪有闲情看诗呢……"

"这本诗集你不要担心它会浪费你的时间，它会让你慢下来，拥有更多的时间……"

"看在你说了半天的份儿上我就买上一本，支持你一下吧！"

余发生在自己的想象中成功地卖出去一本诗集，他对着镜子笑了一下。他想，一切皆有可能，他作为一名诗集推销员的存在也是有可能的，他决定要去做一位诗集推销员了。

吃过午饭，余发生把自己的诗集放进一个帆布背包，走出了房间，来到了阳光明媚的诗人街，开始正式向一些人推销他的诗集。

"这位先生，请买上一本我的诗集吧，阅读如同与好朋友见面聊天，说不定这本诗集可以成为你的朋友呢，也不贵的，才二十块钱一本，也就是一包香烟的钱啊！"

"……"

"您可以慢慢地翻上一翻，看上几首诗，如果觉得我写得不好，也不必勉强自己。你甚至还可以把这本诗集拿回家去读，如果觉得好，到时再打电话联系我，我过来取钱。现在我靠推销诗集为生了，这是一件有意义的事，因为目前世界上没有几个真正的诗集推销员。我现在所做的事情，在将来可能会有不少人会做，因为我在传播着一种新的工作方式，或者说在传递诗歌的福音……"

"……"

在诗人街上，有很多人喜欢诗，也写诗，因此余发生卖出去不少诗集。有些出版了诗集的诗人，也请他带上一些自己的诗集代卖。也许是因为推销诗人要与别人接触，要说服别人，余发生渐渐也发生了变化，他变得能说会道了，性格也变得开朗了许多，很多熟悉他的人都觉得他像变了一个人。

后来，在人群中推销诗集的余发生就像个演讲家。

他对一群围着他的人说："在 2009 年的 5 月，我看到一则新闻，有一批职业艺术家和艺术新秀聚集在华盛顿的一架平台式钢琴前，在闪烁的烛光与柔和的灯光下举行诗歌朗诵和演奏晚会。当时的美国总统奥巴马先生在晚会上说：'我们今晚相聚在这里……是为了强调艺术在我们的生活中以及在我们的国家中的重要性。我们在这里体验诗句和音乐的力量：这可以帮助我们欣赏美，帮助我们理解痛苦；可以促使我们奋起行动，也在我们开始气馁时鼓励我们继续向前；这可以使我们脱离庸碌的日常生活，哪怕只是短暂的瞬间——这可以开阔我们的心胸，充实我们的情感……'说得实在是太好了，应该说在看到那则新闻之后我就想过要成为一名诗集推销员了。在我看来，无论是创作还是阅读诗歌，都是一种堪称高尚的行为，是亲近灵魂，与所有人对话的一种需要……"

余发生对一位失去工作、非常消极的诗人说："人只有自由地去做他想要做的事情才算是真正活着，活得有意义，才能活得比一切人更加富有，受人敬重。自从我成为诗集推销员之后就有了这种感受。我在做一件喜欢的事，尽管一开始有些难为情，可是现在我完全适应了。也可以说我现在是一位非常成功的诗集推销员了，因为我在推销着诗集的时候感到自己像自由的风一样吹拂过别人的脸庞，使人感到一丝丝惬意。我也像一面移动的、可以使别人照见自己的镜子，使别人在看到我的时候认识到自己的存在，并开始思考要不要加入我的行列，也成为一位诗集推销员……现在，我无法想象自己还能够回到一张办公桌上，做一些简直会使人的思想情感变得僵化的工作，成为一个公司正常运转的机械部件。我无法想象自己的过去，那时候我觉得自己长得又丑又缺少才华，不被人重视，也没有谁爱上我，而那样的我成天怨天尤人，生活得并不快乐。现在我变了，我通过推销诗集这项我所喜爱的工作认识了不少人，我向他们敞开自己，与他们聊天，把我内心的喜悦、我的观点传达给别人，别人则回馈我以微笑与智见，这是多么好啊！"

在他的说服下，那位诗人也成了推销诗集的人。

两年后，余发生已经不再写诗了，他对一位和他同样缺少写诗的才华，但又无比热爱着诗歌的诗人说："人在日常生活中的一切行为本身就是诗。让我们大胆地设想一下，一位诗人何必一定要去写呢？他可以活成一首诗啊。现在我不再把写诗当成我人生的重要内容，而是把推销诗集当成了重中之重，因为每当有一位朋友买下一本诗集，我就感到这世界就多了一分美好的可能。现在有不少像我一样的人在做着推销诗集的工作，有些还是女孩子——我和其中的一位还建立了恋爱关系，瞧，通过推销诗集我过上了理想幸福的生活，你要不要考虑暂时放下诗歌写作，来推销一下我的，还有另外一些诗人的诗集呢？"

在推销诗集的第三个年头，余发生对一位诗人朋友说："现在，我是一位推销诗集的国王。虽说我的个头矮小，其貌不扬，可我的眼神明亮，即使在白天，也会使人想到遥远夜空中的两颗最亮的星辰。凡是看到过我的人也都懂得了我，一个推销诗集的人，在代替着很多想要过着诗意的生活而不得的人在活着，活成了一首真正的诗歌。我巨大的精神财富就在于我不断地向别人说起诗人，说起他们的诗，虽然我也清楚并不是所有的人把我们所认识的树叶当成金叶子，也不会把我描述的水滴当成水晶，在我向别人推销的诗集也总难免会有人不耐烦地向我挥挥手，可我不会太在意那些人的态度，因为在夜晚仰观苍穹、望着浩瀚的星空时，我想到每个人都应该爱着一切，而爱就如太阳升起照耀着万物不求理解！"

那位诗人紧紧地握着余发生的手说："好兄弟，我要向你致敬，虽然你已经不再写诗，可你现在成了真正的诗人……"

余发生有了车子与房子，结了婚，有了孩子，有了许多朋友，完全变了一个人似的，还成立了一个专门推销诗集的公司。

"人的一生最好只专注于一件事。"余发生对他的员工们说："请相信，在这个世界上再也没有一份职业比推销诗集更好了，因为这是一份自由的、神圣的、有利于世道人心变得更加美好的职业，当你从家里走出去，走向人群，走向世界时，一切好事都有可能发生在你的身上。"

相信魔法的人

　　每个人都有魔法，只是有些人没有意识到并加以运用。

　　　　　　　　　　——许可

　　两个素不相识的人，在诗人街的大象酒吧里喝酒，只因相互看了对方一眼感到眼熟，便坐在一起聊开了。

　　这两个人，一个叫许可，一个叫李更。

　　当时的许可上身套着件破旧的青黄色短 T 恤，下身穿着条青色泛白的破旧牛仔裤。他的头发灰黄如同一团乱草，青白面皮下的颧骨与颌骨相当凸出，一双浊黄的眼睛散发出游弋不定的目光，鼻子下面是大得有些过分的嘴巴，黑黄的牙齿参差交错，有一颗掉了，呈现出一个小黑洞，以至于别的牙看上去也显得不再牢固。

李更穿着随意，看上去干净体面，当邋遢的许可走过来坐在他的对面时，他闻到一股从黑皮鞋里散发来的刺激鼻腔和肺叶的酸臭味。

"我是个相信魔法的人！"许可开门见山地说，"朋友，聊一聊吧！我们可以彼此说说自己的过去。"

李更点了点头，笑了一下。

许可说起自己。二十多年前，他十四五岁时，父母先后因病去世。十七岁的他去当兵，二十岁退伍后背上行李卷儿来到了南方大都市谋生。他曾在餐馆里当服务员，后来有了钱，盘了家餐馆做起了老板。小餐馆开成了大餐馆，十多年下来，他买了三套房，有了还算可观的钱。在这个过程中他先后有过三位模样好看的女朋友，但又因为他的身体在与她们相处时生过不同的病，肺气肿、肝炎、肾衰竭——她们先后离他而去。

后来，他患上了严重的抑郁症，觉得继续活着是个折磨，于是他从黑市弄了一把五四式手枪，还戏剧化地召开了一个死亡酒会，想要轰轰烈烈地去死，可关键时候，子弹偏偏卡了壳。他关了餐馆，听从治疗抑郁症的医生劝告，开始从书中寻求人生的一些答案，而阅读使他产生了写作的想法。写作的想法让他无法睡觉，有时他会在城中的大街小巷里游魂一般闲逛。他遇到一位小他十八岁的女孩，一眼便看上了。

追求的过程也简单，他说自己名下有三套房产，有一麻袋钞票，可肾功能不好，很可能过不了性生活，不过他需要陪伴。女孩望着怪模怪样的他，联想到鬼怪电影里的某个角色，对他产生了兴趣，同意了和他交往。她倒也不见得是贪图他的钱财，而是觉得他这个人有意思。女孩可以说是相当漂亮，身高腿长，长发披肩，有大大的黑白分明的眼睛，小小的红红的嘴，皮肤白净瓷实得像个芭比娃娃。不过她和许可真正住到一起后才发现上当了，原来他是可以过性生活的。女孩竟也为此感到欣慰，因为那样她便有了一种为他奉献青春和美丽的崇高与纯粹感。

两个人出双入对，甜蜜和谐得让世人嫉妒。许可也觉得时来运转，走了桃花运。想得极端和深入一点，他竟然会认为只有死去才能让女孩走出他无意间设下的人生谜局。那时的他总担心会突然死去，因此三套房子在他的要求下全都过户给了女友。他把一天当一生来过，爱那女孩像《聊斋》里的书生爱着狐狸精那样痴情。他觉得仙女一样的女孩给了自己很多，让他深感无以为报。他的身体不是太好是个实情，因此他认定该为女孩想好以后的事。在有些失眠的夜晚，他看着她熟睡的样子，甚至感到两个人已经是阴阳两隔。

李更听着许可的讲述，觉得他是个有趣的人。

李更想要成为一个诗人。

他是一家上市公司的股东，每年的分红可以使他有经济基础彻底清闲下来。他的妻子更早辞职，过着让许多人梦寐以求的舒适日子。他和妻子平日里也不过是考虑如何吃喝玩乐，不需要再像许多人那样在城市中必须为了生存和发展而努力奋斗。妻子适应了那种衣食无忧的生活，可他却在过了几年那样的日子后最终感觉活着还缺少了一些什么。有一次他去自然博物馆参观时看到一块金黄色透明的琥珀化石，化石里有只清晰可见的小虫子，使他联想到在百年之后是否也应该给这个世界留下点什么。中学时他曾经喜欢诗歌，由于学业繁重升学压力大，他明智地放下了对诗歌的爱好。二十年后，他的心中又燃起爱诗的火焰。在写诗成了他的精神需要和人生目标之后，他感到迫切地需要以自由之身去爱着什么，需要代表着他的现实和过去，与已经不能再能给他带来新鲜感与爱情的妻子有场严肃的谈话。

于是就有了一场关于诗歌与自由的谈话,但在妻子听来,那不亚于是对牛弹琴。他感到难过,因为他无法自控地在想象一个新鲜陌生的女人所能够带给他爱的激情的可能,以滋养和促进他把诗歌这项事业进行得有声有色。他想彻底否定自己从名誉上属于一个女人、一个孩子、一个家庭的事实。

因为有钱又有闲,李更的妻子保养得花容月貌,走到街上常常会让一些相貌平平的女人感到羡慕妒忌恨。在家里她把一切收拾得干干净净,井井有条,把外头的各种亲友关系处理得妥妥帖帖,恰到好处。可以说,她美丽温柔贤淑得让李更挑不出半点毛病,可后来他们还是有了一次争吵。

李更在外面租了房子写诗,晚上不想回家。他不想再继续和妻子同床共枕,因为她是世俗生活的代表,最终会让他在诗歌创作上一事无成。那时他对儿子的学习和生活也开始不闻不问,觉得儿子的存在与自己的诗歌事业格格不入,显得多余。自从爱上了诗歌,他也远离了原来经常在一起爬山、钓鱼或打麻将的朋友,觉得他们那样活着不过是混吃等死,行尸走肉一般,没有半点意义。妻子觉得他走火入魔,变得不可救药了。于是就有了一次次的争吵。气急败坏时李更曾向妻子提出过离婚,但妻子不愿意自己安稳美好的生活横生枝节,断然拒绝了他想要离婚的要求。

许可觉得李更多少是有些身在福中不知福，在批评了他几句之后，又对他没有原则地表示了理解。

许可说："我给你推荐三篇小说，尤瑟纳尔的《王佛脱险记》、拉格洛夫的《银矿》、安徒生的《老头子做事总不会错》。这是三篇小说可以为你提供解决人生问题的经验和办法。作家可以通过作品继续活在读者心中，好作家都有魔法，这三篇便是有魔法的作品。"

李更看过其中的一篇，两个人继续谈论写作与魔法。

许可说："《封神演义》和《西游记》中所写过的法术与变化也是一种对魔法的想象，鲁迅先生谈到小说创作时说的'杂取种种人合成一人'也可以视为是小说家在写作时要通用的一种魔法。每个人都有魔法，只是有些人没有意识到并加以运用。如果能够加以合理运用，便可以改变自己，也能够让这个喧嚣的人类世界发生一些良性的变化。"

李更觉得许可把魔法泛化了，不过还是表示了赞同。

许可说："我是个假想结局的人，因为长期失眠让我有了一种通灵的感觉。我有梦境和想象，相信消失了的亲人会通过一些特别的方式与我交流。我想象既定的世界在冥想中具有可知的变化，虽然现实世界并未在我的想象中发生什么显著的变化，但谁又能肯定接下来我不会因为想象或梦境而有所行动，促使这个世界产生一些变化呢？"

"这完全是有可能的！"李更举起杯表示，相信他的话。

　　许可的黄脸因酒变红了，接着他又感叹世界上已有的诸多大师让他绝望："那些大师让我活在艺术的世界，随时随地能和他们进行交流，而交流的结果却经常让我感到这辈子在写作上是再也没有什么出息了。托尔斯泰说过，人学会了思想，不管他思想的对象是什么，他总是在想着自己的死。海德格尔也说过，人是向死而生的，我认为非常有道理。我当初自杀未遂，放弃了继续成为一位老实守法的小业主的角色，又在试图扮演一个作家，处心积虑地想要通过写作在将来死得漂亮点儿。"

　　李更笑了，为他有那样别出心裁的写作目的敬了他一杯说："我们或许应该通过阅读和创作寻找自己的宗教，成为自己的上帝。我希望在死后能有人继续读我的诗歌，你说那会不会是我另一种生命或者说是精神生命的延续呢？"

　　许可的答案是肯定的，他说："写诗会打开人生的种种可能，你要通过写诗获得一些生命永恒的意义。你知道诗人里尔克和萨乐美的故事吧，萨乐美是位智性的美人，她欣赏尼采的才华和智慧，可尼采向她求婚时她却逃了。几年后她嫁给了以死相逼要娶她的语言学家安德烈亚斯，却拒绝他占有自己的身体。萨乐美将爱情分为精神之恋、灵魂之恋、肉体之恋。她与尼采属于灵魂之恋，与安德烈亚斯属于精神之恋，可在小她十四岁的里尔克那儿，三者则得到了统一。"

李更说："是啊，我怎么能不了解这段佳话呢。在里尔克成为欧洲的诗歌之王后，萨乐美在回忆录中宣告说——我是里尔克的妻子。诗人茨维塔耶娃在给里尔克的信中说——在您之后，诗人还有何事可做呢？可以超越一个大师，比如歌德，但要超越您，则意味着去超越诗。来，我们为他们干杯吧，可以说，他们都是相信并中了魔法的人，他们为心而活，真正活过，活得有了些永恒。没有爱情的婚姻是不道德的，没有爱情与诗意的人生同样是不道德的，我想真正地去活着，而不是为了谁去活。"

许可喝光杯中的酒，说李更有点儿像《王佛脱险记》中老画家的弟子林，他为了跟随老画家失去了一切，但他也有可能为了诗歌失去一切。另外他觉得安徒生在《老头子做事总不会错》中写的老头子和老太太的故事倒是可以借鉴，希望他能找来那篇故事让他的妻子认真研读，从中获得启发。他非常佩服拉格洛夫讲故事的能力，在《银矿》这篇小说中，国王终于被牧师讲的故事所改变，明白了治理国家人比银矿重要的道理。这么说来，诗歌如同银矿，远不如他的妻子重要。不过李更坚定地认为，他与妻子离婚，与过去的家庭生活脱离关系是必要的，理由是妻子和孩子离了他也并非不能生活下去。

两个人抽着烟，沉默了一会儿。

许可想起黑塞的一篇叫《内与外》的小说，小说中弗里德利希认为"二二得四"是唯一真理，他的朋友艾尔文却认为不应该拒绝和刻意排斥什么，一切应该顺其自然。艾尔文相信诺斯提派学派的"无物在外，无物在内，因在外者，也即在内"。两个人为此争吵不欢而散。艾尔文在弗里德利希离去前送给他一个涂釉的丑陋陶土小塑像，说小塑像进入他的内部时请他再来找自己。一段时间后小塑像不小心被摔碎了，女仆当垃圾丢掉后弗里德利希却再也无法忘记小塑像了。艾尔文对弗里德利希说，内与外互相交换，放弃自己固执的观念就等于是获得了魔法。

许可对李更说："我在读完那个短篇后觉得小我十八岁的女朋友是在我生命里盛开的一朵玫瑰，即便是有一天她离开了我，仍然会是我的一部分。那么，假使你与妻子离了婚，你真的能够摆脱妻子对你产生的影响吗？"

李更在思考这个问题，他的脑海中浮现出妻子的模样，之后又觉得自己想与她离婚有可能是个错误，不过，他说："一点儿错误也不犯的人生又有何意义呢？我们所谓的错误，难道一定是错的吗？"

许可在开餐馆的那些年，混迹在市井生活中。

回顾起来，那时的他有一个世俗的形象。因为开餐馆得考虑赚钱的问题，做老板就得有个做老板的样子。不过那时他也在争取和每位来餐馆吃饭的顾客坐坐，和他们聊上几句。他看着顾客的脸时也总在想，他们有可能是孔孟老庄，是些先贤圣者的后世今生，虽说他们普通得不能再普通，但总归还会有什么特别的地方。

在父母离世后，许可曾经有过一些焦虑不安的夜晚，有个晚上，他跑到坟地里去为地下的父母唱歌，唱的是当时流行的《敢问路在何方》和《少年壮志不言愁》。那是一次特别的经历。在更早之前，他是那种总是在乡村的土路上转着胳膊飞奔的少年，他喜欢在下雨天冲进湿漉漉的树林或玉米地里，似乎想要去发现什么秘密。

他读过一些关于魔法的书，书上说在荒无人迹的地方有可能遇上逝者的灵魂；夜晚的星辰，以及在雷电交加时对于施法的成功有着重要影响——他愿意相信，并且认为只要想变，通过自己对魔法的领悟，将来他一定会变成一个全新的样子。

许可有渴望变化的潜在想法，认为那将会是非常有趣的。只是他迫于在都市中生存与发展的压力，只能平平淡淡地活着，扮演着仿佛并不是自己的一些角色。

李更用手握着酒杯举了一下说:"干杯!"

许可与他碰了一下说:"失眠症彻底改变了我,那使我有一种改变自己、也要去改变世界的冲动。只是我对小说这门艺术感到怀疑,因为现在并没有多少人去读小说,即便是读,世界上也已经有了那么多大师级的作家,我何必再自作多情地去写?"

李更说:"是啊,也许一切努力都是盲目的!不过我还是希望变一种活法,不必再受制于婚姻和一个女人的约束。我相信人性中具有黑暗与邪恶的力量,我们活着具有最真实的欲求需要获得满足,因此有时我也会喜欢那种力量,那如同喜欢寂静的夜可以让我平心静气地想一些事情。我想过了,中国几千年来的文化传统和伦理道德深深影响着每个人。人在一个庞大的群体中只能谨小慎微、按部就班,甚至虚伪地活着,因此人们不管是对物质还是对精神的追求,不过是为了自己所代表或被代表的小圈子的利益的满足,那样的存在让每个人都非常压抑和有限地活着。我相信一个虚伪的人难以真正成为一个有创造力的、对世界和人类有贡献的人。我想打破一些条条框框,活得自我且真实。人生正是因为充满了不确定性才变得更有意思,一成不变会让我窒息。人们应该认识和理解那种变化的需要,去包容和尊重那种变化——每个人都不必为了别人而活着,除非他心甘情愿!"

许可点头说:"一个人如果足够强大,便不会再为一些事烦恼,问题是每个人都活得非常有限。我们得明白这个道理,在适当时得想象一下自己的结局。当然我的世界中也包括我认识的和不认识的,活着的甚至已逝的和将来要活在世上的所有人。我想象、思考、感受他们,在我的内部,可以说我有个无比强大的上帝,但在现实之中,举个例子来说,我这个曾经的小业主却从来没有勇气抛弃过任何一个女人,除非她离开我。我想这是为什么呢?我自杀未遂后有了一个答案,我把与我有关的一切与我捆绑在一起,从肉体到精神,从内到外成了一体。即便是那些离开我的,例如我的父母,我的那前三位女友,他们真的就离开了吗?并没有,他们仍然在我的生命,在我的思想和情感里,成为我和这个世界所保持的一种关系的证明。因此我又想到,人来到这个世界上究竟是为了什么呢?我突然就想明白了,人来到这个世界上是承受苦难,是以自己的血去清洗众生灵魂的,是以自己的一生去演绎好命运中所扮演的各种角色的。我并不赞同你对中国几千年来的传统文化以及伦理道德的评价,人虚伪也好,真诚也罢,芸芸众生,为求生存与发展,再怎么纷乱也都是合情合理。你想啊,我们站到宇宙中去,可能就不再觉得这么些人和事是个什么大事情了。"

李更说:"正是因为人生有限,所以我才不想一成不变。

我有新的选择与方向，难道不正是一种自讨苦吃的自我救赎？我相信人本质上都是孤独的，并不需要任何一个人长期陪伴。"

许可说："既然你真的对孤独有了那种程度的感受与认识，或者说你决定了要重新寻求你所需要的，那的确没有什么不可以。虽然那会给你并不乐意离婚的妻子和无辜的孩子带来伤害。我的疑问是，既然在一起共同生活过那么久，为什么又一定要离呢，真的不能克服一下吗？"

"我想通过否定过去迎接新的未来，那种想法在内心里就像飞机会在天上飞过去一样真实。"

"那么我想，你是否应该像当初追求她一样，去追求一个离婚的结果？我的意思是，你觉得非离不可的话，应该尽量不要让她感到难过。你可以去说服她、感动她，为她买些礼物，赞美她，最终让她理解包容你，和你离婚。你真诚地表达你的感受，而不是像对待一个厌恶的人那样对待她，对她不耐烦，恶言恶语，刻意回避。"

"那不真实吧？我那样做她会认为我回心转意了。人会变化，我变了，但她没有变，我真希望她也能变，能够独立，对未来有一些想象！"

"你中了诗歌的魔法，但她没有！"

"她也中了生活的魔法，世界上有多少人在生活的魔法中活着啊。前不久我看到一条消息，说欧美一些国家原配的夫妻还在一起生活的不到百分之二十，在咱们中国，城市中的离婚率也远远高于乡下。通过这种变化可以看到，我们这个时代中人的思想情感的变化，人与人之间的关系的变化。这种变化是好呢还是坏呢？我觉得这是人类越来越自我的一种呈现，这种自我让世界变得更加多元化，当然也更加复杂化，但这是一种不可否认的现实。"

"我想，大多数人不懂魔法，但在魔法中生活着，这是一种现实。魔法师总是少数，大多数人都是平凡的人。那些离婚的，我相信他们可能是相信了坏魔法。有些人总是急于和一些新的人确立关系，却不曾在意和经营既有的关系，这是在试图逃离和遗忘。因为人向死而生，人生短暂，因为人人渴望生活得更多，经历得更多，活得更加丰富多彩，但最终会发现那不过是游戏人生，或者说一再重复自己的错误。"

"我认为选择无所谓对错，人在变化的社会中要寻求变化。一成不变的是石头，而不是人的活法。放在宇宙中，我们赖以生存的地球也不过是沙漠中的一粒沙子，人太渺小了，但人有情感有思想，有短暂但却丰富的一生，有无数活过后来却逝去的榜样，有了众人的创造所形成的我们所感触到的现实世界。你不能说我的变化是因为有了思想，有了对新鲜感情的需要，有了欲望。我要与妻子离婚，如果说那是一种逼迫，我认

183

为那最终或许会成就她，让她有一种新的活法。"

许可做了个关于魔法的梦。

梦境中的许可是位穿金边灯笼裤、黑白条纹上衣的魔术师。他长期被失眠所困扰，为思考魔法而日益枯萎。他想要改变世界，又感到不如做个平常百姓舒服安逸。在日积月累的愁苦中他发现一条真理，只要去打开一扇古老的窗，便可以看见一个理想的世界。打开窗后，不知何时他的手里有了根灰白色的魔杖，而李更也出现了。

许可说："我把过去、现在、未来想了个遍，想清楚了一切人和事，因此我可以随意变化了。我可以变成你，也可以变成孙悟空，变成城市中的一座雕塑，甚至变成一个女人。我当然也可以让你的妻子有变化，我可以开启她的魔法，让她心甘情愿与你离婚。"

李更点了点头，紧接着梦境中出现了一条大白狗，那是李更妻子的化身。白狗汪汪地叫着逼近许可，许可有些怕，于是举起了闪闪发光的魔杖，大声说："这魔杖凝聚着人类生存与发展过程中产生的所有智慧，上面镶着象征着大地和繁荣的圣石翡翠和代表爱与祝福的红宝石，拥有它的人可以塑造善恶世界，掌控所有人的命运……"

白狗不耐烦许可的长篇大论，汪汪叫着要扑上来咬他。

许可用魔杖点了一下，白狗便定格在空中。

许可大声地说："我凝固了时空，是为了让喧嚷的世界静一静，让你们想一想，每个人真正想清楚自己的话，那就等于是懂得了魔法，可以运用魔法改变自己的命运。"

梦境中出现了一轮满月，像只悬在夜空中的钟表在嚓嚓转动。

许可梦见李更抬头望着那轮月亮对他说："请你把我的妻子变回来吧，她定格在时空中一动不动让我感到自己也许真的错了，我怎么可以去否认那些真实存在过的日子呢？"

许可挥动了一下魔杖，白狗落到地上变回一个漂亮优雅的女人。

许可醒来了，他感到梦境中所具有的时空会在现实中被人想象，并在内心里、在精神中使人拥有那样的时空，那会有利于人做出正确的选择。

许可在电话里对李更说了自己的梦境，最后他说："我们都会发生变化的，我已经预感到了，不相信就走着瞧吧。"

每个人在既定的生活轨迹中都在渴望着一些变化，李更最终还是觉得，他需要诗歌和孤独胜过需要妻子和家庭，因此他开始像追求爱情一样追求和妻子离婚。

那的确是一种反常的，但有可能有效的办法。

妻子感动于他对自己的爱与真诚，终于理解了作为诗人的、与过去不再一样的他，欣然同意了和他离婚。但她跟他约定，若干年后，如果双方都没有新的选择，他们又老到了一定程度，需要相互照顾的话，彼此还可以复婚。

自由自在的李更沉浸在诗歌创作中，一年后出了一本诗集，想要送给许可一本，于是又和他见面了。

见到许可后，他有些不敢认他了，当他确定那个人是许可以后大吃了一惊。因为不过才一年的时间，许可就有了不可思议的变化。他的脸色变得红润亮泽了，头发变得又密又黑，眼神能够放射出坚定乐观的光彩，缺了的牙齿补上了，洗过后透着洁白的光泽，而且他说话的声音也比以前响亮多了，时不时的还开朗地大笑。总之，许可和一年前判若两人。

穿着得体的许可笑着，有些得意地说："自从我和你聊过之后，我的失眠症就不治而愈。你告诉我人不必假想自己的结局，我认为有道理，因此再也不去想太多想也没有用的事情。我关注了现实，制定了改变的计划。我戒了烟酒，合理饮食，按时睡眠，适当锻炼，结果一段时间后照镜子时我发现自己回到了二十岁时的自己。不幸的是我的女朋友对我的变化感到不适，退回了我的房子，和我分手了。虽然我感到痛苦，可实在不再想再为她装成老气横秋的模样了。以前我感到我是刻意活得古旧，现在看来大可不必。我也不再想依靠她的年轻美丽来寻求活着的安慰了，我完全可以活得再年轻和健康一些。我说过的，我们都会变化，因为那个晚上在海边的大象酒吧里的长谈，因为那个关于魔法的梦使我明白了，我们可以在现实中寻找自己的魔法，让自己活得更加轻松自如。"

李更问："你还写小说吗？"

许可说："我不需要写小说了，但我会是个好读者。"

两个人一起吃了顿饭，许可滴酒不沾，也不再抽烟了。

李更独自饮酒，一根根地抽烟，望着变化了的许可，他有隐隐的莫名的焦虑感，因为他还不能放下诗，他还要继续写下去。

身上有毒的人

你愿不愿意成为我们这个时代的一种毒药?

——黄先生

在南方蓝色的大海边,在有着书吧、酒吧、公寓、银行、邮局、饭店的诗人街上,曾经居住和生活过一位叫丁蜂的诗人。

以前,由于他是个不识时务、不擅长交际又不愿阿谀奉承、留须拍马的人,与同事和领导的关系相处得不好,在会有白眼看他、非议他甚至会诽谤他的形形色色的同事中间，他也颇不自在，后来干脆辞了职，去诗人街租了房子，成了自由写作的诗人。只是那样理想的生活过不了多久，在经济上他就难以为继了。幸好还有一些朋友，因他写诗的缘故，偶尔也会在聚会时叫上个头不高、其貌不扬的他。

有人的地方就有江湖，在诗人街也一样。时间久了，朋友当中有的人认为他是个有话直说、不懂得也不愿意把可以保护自己也有利于与别人和谐相处的面具挂在脸上的人，有的人则说他是个没长大的孩子，不懂得为人处世之道，简直是个没有脑子的傻瓜。他去图书馆里翻阅浩如烟海的、可以给人智慧的书，试图从中汲取知识，用来武装自己，好让自己变得聪明一些。他甚至还特意拜访了几位广受欢迎、在某个方面做得相当出色的名人，希望获得做人处世的良方、成功的方法，可也没有得到有益的帮助。后来他拜见了诗人街上一位五十岁左右、以研究《厚黑学》著称的先生，向他说明了自己的烦恼和来意。

那位先生姓黄，他面无表情地摸着一寸多长的花白山羊胡子说："我能感受到，你就像一团清新的空气生不逢时。因为多数人鄙俗而世故，却又觉得别人愚蠢可笑。如果你要下决心改变自己在别人眼中的形象，改变你现在的生存处境，你那颗榆木脑袋需要开窍才行。我来问你，你知道什么叫心灵鸡汤吗？"

"我知道，我知道大家都在看，也喜欢看，并因为看那些东西自我麻醉，并从中得到他们想要的幸福和快乐。我最近在图书馆里翻阅了不少这方面的书，对那些著书立说的专家也有些了解，他们无非是拿圣贤先哲的话当引子，以著名专家、教授的口口吻对人们谆谆说教。例如在空气污染这个问题上，他们会这么教导别人——第一要关紧门窗，不要让霾溜进房间；第二要在家里养些绿色植物，净化空气；第三在网店打折时去买台质量有保证的空气净化器；第四在有条件的情况下，去一个山清水秀的地方，看看祖国的大好河山，从精神上忽略和战胜空气污染的存在……"

黄先生点头微笑着说："你认为他的那种说法怎么样呢？"

他十分气愤地说："我认为十分可恶。他们冒充文化名人，著书立说，四处招摇撞骗，更可恶的是竟然还有那么多人相信，把他们的话奉为圭臬，视为真理，甚至把他们当成自己人生的导师，灵魂的上帝。他们完全忘记了自己是个可以独立思考的人，是对别人有责任对社会有担当的人。他们只考虑自己，不考虑别人，只顾自己是不是幸福，不管别人是不是痛苦。如果我们生活在大大小小的、有意无意的骗子中间，长此以往，我们每个人都会是受害者，我们也绝不可能让我们这个民族、这个国家真正文明和强大起来。"

"我祝贺你，你还算是个清醒的人。问题是，一个清醒的人在一群不清醒的人当中，你会觉得孤独，觉得不自在，你也会让别人不自在。"

　　他连连点头，面带忧愤地说："正是如此。我的身边充满了那样的人，他们论资排辈，自以为是，听不得不同意见。只要我稍微亮出自己的观点，他们就开始嘲笑我、打击我。我想改变自己，让自己强大起来，变得有身份有地位，这样我说什么别人也便只有叫好的份儿了。可我现在是一位也不是太有名气的诗人，除了写诗，几乎没有别的特长。"

　　"根据你的言谈举止判断，觉得你有可能成为一位出色的演讲家。最近我在想，急功近利正是我们这个快速发展、急遽变化的时代中人们的特点之一，你要想获得事业上的成就，还真得安静下来好好读读书……"

　　"以前我读了不少书，恨不得把书当成我的一日三餐。也可以说我是胸怀天下、想要改变世界的、有理想有追求的人。我希望人人都能拥有积极向上的人生，过着理想的、有爱的、有意义的生活，可现实像个魔鬼一样强大不可违抗，仿佛人人只有妥协合作的份儿。我也深受影响，就拿现在来说，生活困窘、内心浮躁的我也越来越读不进书，写不成诗了。"

　　黄先生沉吟了一会儿说："是啊，是啊，在这个人人都不择手段追求成功的时代，不成功便一无是处。如果你真心想要获得成功的话，我有个建议。你可以试着去当一位批评家，通过写作与演讲来获得非凡的成功。我建议你向那些擅长熬制心灵鸡汤的所谓名人学习，不仅要虚心学习，还要青出于蓝而胜于蓝，反其道而行之——我认真地问你一个问题，也希望你能认真地回答，你愿不愿意成为我们这个时代的一种毒药？"

他不解地看着黄先生说："毒药？您是什么意思？"

黄先生说："根据多年来的潜心研究，我发现每个人对于别人来说都是一种毒药，只不过有的毒性大一点，复杂一点，有的毒性小一点，简单一点。毒性大一些的获得的成就往往就越大，小一些的获得的成就也往往就越小。既然你决心已下，想要获得成功，你就可以考虑变成毒性大的、复杂一些的毒药。我会送你一本我写的书，这是一本没有对外公开发行的、自印的书，是一本成功秘籍，一般人我不会给他，我是看你是个可以造就的人才，才慨然相赠。"

黄先生从书架上找了本《成功学》的小册子给丁蜂说："当你变成身上有毒性的人时，你会让那些身上充满奴性、像阿Q一样靠精神胜利法活着的、没出息的小人物们，包括那些巧言令色的小人，对你俯首帖耳，言听计从，莫名惧怕。这时你要善于利用他们身上的弱点，去不断地获得成功。总之你要像毒药一样去活着，去无情地批判一切，让所有的人都感到自己一无是处。"

他若有所思地点点头，迫不及待地翻开那本书看着。

黄先生说："在这个世界上，没有一个人称得上是绝对的好人，也没有一个人称得上是绝对的坏人。确确实实，人都是有毒的，不管那毒来自别人，还是来自自己，这也正如上帝所说的，人皆有罪。我的说法是，人皆有毒。你如果决定变成一种毒药，你将来的行动也许可以实现以毒攻毒，达成治病救人的良好愿望。当然，一切并没有想象中的那么容易。我这儿有一种药水，你可以趁入睡前用温水冲好服下，第二天你也许会发现自己有了变化。"

他带上黄先生送的书与药水，回到出租房里，认真把并不太厚的那本《成功学》读了，睡觉前也皱着眉头喝下了那瓶药水。

丁蜂的一位朋友招集大家一起聚聚。

在那次聚会上，丁蜂穿了一件红黄相间的奇装异服。

有位散文家说："哟，大家伙儿瞧瞧，这是哪位神仙来了！"

有位诗人说："嘿，瞧他穿得像只蜜蜂，真是太搞笑了！"

有位画家说："你们还别说，丁蜂穿得花里胡哨的，还真有点三流明星的派头呢！"

他用冷冷的目光扫视大家之后，提高了声音说："不久前我拜见了一位高人，他给了我一瓶毒药，喝了之后我浑身热辣辣的，就像灌了辣椒水。尤其是舌头，变得肿大发紫，使我要说些平时不会说的话才能舒服一些。各位朋友，在我看来你们也不过是一群沽名钓誉、没出息的、自称有文化的小人物，实在是没有什么了不起的。你们身上没有一点称得上珍贵的东西，不过是一帮自欺欺人的骗子，一伙没有思想和灵魂的拜物者，一伙同流合污合的顺从者、帮腔者、合谋者。你们对弱者的同情和悲悯全都是假的，你们对公平正义的追求不过是个噱头。你们精神上既不自由也不独立。你们是胆小如鼠、目光短浅的一群小丑，怎么配创作出可以留传后世的佳作？你们虽然活着，可已经在死去了……"

"说得好！"有位虚伪的诗人朋友不怀好意地打断他的话，笑着说，"来，我提议大家敬一下这位穿得像蜜蜂一样的神仙，这位伟大的三流演员、著名诗人。"

他不客气地望着他说："真是说得好吗？我敢说你掉过头去就会向另一个人挤眉弄眼地笑话我，油腔滑调地骂我是个十足的蠢货。"

诗人有些尴尬地笑笑说："你，你不是在开玩笑吧？莫非真的是中毒了？不过，你刚才说的那番话，我确实觉得挺好，你又怎么能怀疑我对你的诚意？又怎么能无端猜想我会对别

194

人说起你的不好呢？俗话说，打人不打脸，骂人不揭短。水致清则无鱼，人致察则无朋。你今天也太过分，太反常了吧？！"

他"哼"了一声说："你刚才的那番话无知透顶，显得你特别愚蠢。我真不愿看到你那副虚伪世故的尊容，不愿意听你貌似真诚友善、玩世不恭，实则满嘴大道理、冠冕堂皇的废话！"

那位诗人张口结舌，一时对不上话来。

他把目光转向众人，继续说道："请诸位记着我说的话，你们全是些蝇营狗苟、没有出息、浑身上下、里里外外都没有什么可珍贵的人。你们不过是一群跳梁小丑、无耻之辈。我今天之所以来参加这次聚会，是因为要和你们正式决裂，道不同不相为谋！"

这是个好的开始，他在回家的路上内心激动地想。回到房间，他也感到自己有些过分苛责了那些总归还和他有些交情的朋友了，内心里有了一些不安和愧疚。不过想到人性的种种弱点，那些弱点对人们所造成的种种难以挽回的伤害，他很快就调整了心态。

既然他决意要成为时代的良心、众人的楷模、时代的焦点话题，要获得大成功，成为大名人，又怎么能瞻前顾后，过多地考虑那些小人物的感受？再说，他对那些朋友们所说的，也正是以前想说而未说的话而已。正如孔圣人所说，良药苦口利于病，忠言逆耳利于行，换言之，他这也是为朋友们好。如果他们听不进去，也可以说是辜负了他的一片诚意，他又有什么不好意思的呢？

果然，那件反常的事发生之后，有几位想对他一探究竟的朋友分别单独约见了他，试探性地向他转达另外一些朋友对他的看法，实际上也是他们的看法。

一位朋友向他竖起大拇指说："蜂哥，你真行啊，真了不起。我对你的佩服如黄河之水滔滔不绝——那天晚上你骂得好啊，骂到我心里了，真是骂得有思想、有境界！"

他不屑一顾地说："得了吧你，别说得那么好听。"

"你知道他们怎么说你吗？"

"最好闭上你的嘴。我不想知道，也没有工夫听别人怎么说我。如果你认为我们还可以成为朋友的话，就谈点别的吧！"

那位朋友是随和的、想和世界打成一片、与人和谐共处、彼此其乐融融、有利共享的人，因此也不会当面反驳他。见他有那样反应，就更加虚伪地对他笑着，一再称赞他，听得他都怀疑自己误解了对方的一片好心。

另一位朋友请丁蜂喝酒，在酒桌上向他投来赞许的目光说："我摸着自己的胸口说，我是真心服你的，信不信由你。你敢说真话，我相信你必然是会获得大成功的，在不久的将来你会远远把我们这些没有息的人甩在身后，你会出名，会发财，会受到别人的追捧，成为时代的偶像。到时我只配骄傲地对别人说，我曾经和丁蜂先生是非常要好的朋友，到时你可别不承认啊！"

他不屑地说："得了吧，别说那些虚的！"

"怎么能说是虚的啊，你很快就要成为天下闻名的人了，像我这样爱慕虚荣的人肯定会那么说的，希望你能给个薄面！我相信你会的，因为我一直非常敬佩你，觉得你特别有才华，有个性，与众不同，虽然你现在一文不名，甚至连一顿相伴的饭都吃不起。你知道别人怎么说你吗？"

"算了吧，别人怎么说我重要吗？"

朋友却执拗地说："虽然你不想听，可我还是有责任要说给你听。他们说你疯了，一定是小时候被恶狗咬过，没有打过狂犬疫苗。我自然是不信的，我早就看出来了，你长得有点像咱们国人的脊梁。鲁迅先生你绝不是那种久居人下之人，你会成大名的，不信咱走着瞧。"

"好吧，你可以走了。"

又有一位朋友来找丁蜂。

一见面他就给了他一个大大的拥抱，他夸张地说："你知道吗，我现在觉得你是我唯一的亲人、知己。知道我为什么这么说吗？那天你说得真好啊，简直是高屋建瓴、醍醐灌顶，一语惊醒梦中人。我都没想到你是这么有深度、有魄力、有勇气，你这样的人在当今社会真是太少见了。所以我把你当成了亲人、知己，你可别拒绝我对你的一片真情。你知道别人怎么说你吗？"

"谈点别的不行吗？"

"不，不，你一定要听我说。有好几位朋友都激动地对我说起你，说中国的文化界将会有一颗新星闪耀登场了。为什么这么说呢，因为那次聚会你像领导批评下属一样大批特批了我们一通，我们就真拿你当回事，回头去找你的作品读了。不知他们怎么读的，我是认认真真地拜读了你写的诗歌和文章，结果我发现了一颗纯粹的、可贵的心灵，我与朋友们交换了看法，他们也是这么说的，所以，我请你一定要相信！"

"你可以走了。"

那位朋友走后，丁蜂还是找到自己曾经发表过的一些作品来看，可看的结果却是失望的。他并不满意过去写下的那些无病呻吟的诗文，他认为那样的作品没有一点儿毒性，不过都是些劝人向好为善、主张世界和平、人人有爱的表面文章。不过是使人直面人生苦难、尊重人性选择的虚假文章。

他再也不想写那样的作品了。

他想要去做一个有毒的、前无古人后无来者的批评家。

他打算不只是对古今中外的那些活着的和死去的作家、诗人进行无情剖析和淋漓尽致地批评，凡是打着文化旗号的、挂羊头卖狗肉的、满嘴仁义道德的、弄虚作假的人都在他的痛批之列。他不仅要做一个舞文弄墨的批评家，还要成为一个伟大的演讲者。他要给大学的学生和教师们、给做文化的企业老板和员工进行演讲，他还要策划活动，上电视节目，对全国、全世界的人做有振聋发聩的演讲。

他是那么想的，也是那么做的。

整整三年时间，他挖空心思，以非凡的勇气和智慧，向四面八方的人痛快淋漓地释放着他身体里的毒。

丁蜂的努力得到了丰厚的回报。

他成了大名人，先后出版了十多本畅销书。那些书都是出版社争着给他约稿，提前给他送来成箱的稿费。他把中国孔孟老庄的一些思想变通为自己的看法，把尼采、叔本华那些西方哲学家的理论变通成了自己的观点，竟然也没有谁敢站出来批评他。

他经历过一场接一场精彩绝伦的演讲，自己的演讲水平也得到了极大提升，以至于后来完全能够像电磁铁那样牢牢地吸引那些铁屑一般的听众了。所有的媒体也在炒作他，把他当成了苦海的明灯、人生的榜样，不断地把他封成著名的批评家、著名的思想家、著名的文学家、著名的教育家等等。

大红大紫的他搬离了诗人街，住上了新买下装修一新的别墅，开上了豪车，还请了出门时前呼后拥的保镖。有位在国内颇有盛名的女演员还成了他的女友，尽管她的相貌堪称沉鱼落雁、闭月羞花，演艺才华也得到多方认可，为人也谦虚低调，成为人们时常谈论的名人，可他还是不想和她结婚。

女友也乐得和他保持着恋爱关系，享受着他的盛名与财富。

有一次，女友笑吟吟地对他说："亲爱的，我会一直理解你、支持你，希望你能飞得更高、更远。我也要真心感谢你，你是我精神上的导师、生活中的密友。正是因为你的名气，那些著名的剧作家和导演都会想着我，为我量身打造剧本，为我拍影视作品。虽说我在认识你之前有了一点小小的名气，可在认识你之后我感到自己可以被写进中国乃至世界电影史了……"

他有些不耐烦地说："你可得了吧，多大的名到头来都是过眼云烟。"

"啊，你这么说，我更加佩服你了。你说话总是一针见血，一语中的，真是与众不同。亲爱的，请说说你成功的秘密好吗？因为我还需要不断地进步，我需要学习。说实在的，能和你这样大师级的人物在一起恋爱和生活，我真是占了个大便宜呢。"

"我成功的秘密就在于把所有的人都看成跳梁小丑，去驳斥一切人，让他们中毒一般离不开我这副毒药。"

女友吃惊地、恍然大悟地说："噢，我明白了，这样有利于树立权威对不对？怪不得那些大牌的演员爱耍脾气，这并不是说他们修养不好，而是一种造势的需要。也怪不得有那么多人崇拜你，不敢得罪你了，你真是个聪明的天才。我爱你，永远永远爱你！"

"得了吧，如果我没有今天的成功，你才不会爱上我。我讨厌这个世界上功利的、虚伪的、无知的人们，包括光鲜无比、养尊处优的你。有时你在我眼里什么都不是，因为你并不了解这个世界上还有穷人缺衣少穿而没有人伸出援手，有些弱者被人肆意欺辱而没有人为他们主持公道。我这么说你也别见怪，因为这几年来我养成了批驳一切的习惯，脾气也是越来越坏了。"

女友嘟了嘟嘴，装着并没有不开心地说："怎么会呢？我懂得你的意思，什么都是浮云嘛！"

"我否定了世界也等于否定了自己，我树起权威的同时也深深伤害了那些有真才实学的人。尤其让我难过的是，那帮我十分讨厌的小人摇身一变成了随声附和我、对我点头哈腰、为我摇旗呐喊、身上毒性渐长的人。我如同在经历一场漫长的并无是非黑白之分的盲目战争，而我像个为了自保和胜利而不断射击的战士。可现在我快要弹尽粮绝了，我意识到有一天也会被别人瞄准、消灭。所以我会强烈地感到空虚，以至于自杀的念头经常拂之不去。"

女友关心地说："你可以放缓前行的步履，暂时与全世界休战，在家里安心静养上一段时间。"

他摇摇头说："怎么可能说停就停？除非我可以放弃已经获得的一切。你知道吗，我越来越意识到自己是个面目可憎的小丑，也越来越讨厌自己了。我不配得到现在奢侈的物质生活，不配得到你的爱，哪怕是虚情假意的爱。我也不配得到别人的崇敬，哪怕是盲目无知的并不真诚的崇敬。我想追求一些真实的、永恒的东西而不得，你知道这是多么痛苦吗？"

女友体贴地走过来，紧紧拥抱住他，因为她看到他的眼角正在滑下两行浑浊的泪水。

无论如何，被拥抱的感觉是美妙的。

无论如何，丁蜂感受到另一个生命对自己的一些说不清道不明的爱意，那对他来说非常珍贵，而那种珍贵的情感使他愈发想要回归简单的自己。如果他一文不名，一无所有，他的女友还能爱他如初，那该多么好啊。想到这儿，他用手指抹了脸上的泪，放在口中品味了一下，泪是苦的、咸的、涩的。

他面带忧虑地说："你知道吗，我们生活在一群愚蠢的、胆小怕事的人中间，而我也并不是个真正聪明和勇敢的人。他们为了一己之私随声附和，破坏着公平和正义，在庸庸碌碌的人群中随波逐流，没有也不敢有自己的一点主见，我越是无情地批判他们，他们却越是相信我，拥护我，好像完全站在了我的这一边。我让那些骗子、小偷，让无知的、别有用心的人高高架起了我，我相信有一天他们会狠狠地把我摔下来，看着我粉身碎骨，他们却哈哈大笑。"

"不会的，怎么会呢，你那样有才华、有毒性。只要你继续保持着你的毒性，你的名声与地位，他们会一直愚蠢无知下去的，他们会自欺欺人地把自己一骗到底的……"

他难过地打断她的话说："你知道什么叫高处不胜寒吗？我怀念从前的自己。那时的我在诗人街上是个不为人知的小人物，虽然会真诚得让人难以接受，可对人说话都不好意思大声。我善良得凡事都会站在对方的立场想一想，有时被人看不起，被人侮辱，也总是忍气吞声，大事化小，小事化了。我见了心仪的女孩脸红心跳，明明想和人家好，却不敢去追求。我想和心底纯净的好人交个朋友，可也不太好意思表示友好，因为我们都是社会中人，都不明白别人想什么，都怕别人的流言蜚语。可以说，那时的我像孩子般单纯，像诗一般美好。我认为存在的就是合理的，尊重全世界的人，也渴望别人的理解和包容，可我发现人们并不拿正眼瞧我，也不够尊重我。人性是复杂的，我变成毒药本想净化人性，使之纯良。我变化了，也取得了成功，可我越来越发现那是一场无聊的游戏，我不想再继续玩下去了。"

"不，亲爱的，你绝对不能放弃，如果你放弃了你将会从高处坠落下来，成为一个笑话，一个悲剧。你还不明白吗，人人都在演一场戏，谁认真谁就吃亏。你已经相当成功了，如果退回来，你还会是别人眼里的一个弱者，一个不被别人尊重的、一无是处的人，一个被人嘲讽和欺负的人。你真想那样吗？"

"可我不想再站到风口浪尖上了。我在想着是不是把所有的财产捐赠给那些贫困山区里的孩子，那些需要帮助的人。我想回到从前的我，回到诗人街继续写诗。哪怕默默无闻、不为人知也没关系，至少我清楚那样的人生是有意义的……"

"你去演讲、去批判难道就没有意义吗？你怎么能轻言放弃？你花费了大量的时间和精力去批判、去经营，好不容易才有今天的成功，难道不该享有现在所获得的一切吗？"

"可那些跟随我、效防我、崇拜我的人中了我的毒，开始像疯狗一样见人就咬，很快他们就调过头来把我给咬成碎片。他们借着批判一切的名，不过是想要获得他们想要的名利双收。虽然我最初的想法是好的，可这几年下来，我又何尝不像他们那样被名利冲昏了头脑，感觉自己真的是个人物了一样？现在想来，我不过是一个小丑，一个骗子而已。"

"不，亲爱的，你是一味良药，你所有的努力是有意义、有价值的，你不要妄自菲薄、自轻自贱，你那样的话，我会瞧不起你的！你不知道多少人羡慕你现在所取得的成就，可是你却并不珍惜。"

他苦笑了一声说："昨天我去见黄先生了，我想再向他讨要一些药水，来加强我身体里的毒性，可他却告诉我，当初他送我的所谓毒药，不过是辣椒水加了点柠檬汁，为的是让我从心理上相信，我与过去的我不一样了，我是与众不同的。他没有想到我竟然真的获得了成功。我和黄先生聊了整整一个下午，最后我告诉他，我不想被我所取得的成就所奴役，我决定放弃一切，最后变得一无所有。以后哪怕所有的人瞧不起我，可我也不会瞧不上自己；哪怕世界变得再复杂，可我也要坚持做我自己。"

"也许，你这样做是对的，但我无法理解，也无法接受。"

"如果你不能心甘情愿地和我过平常人的生活，不能爱我不讲任何条件，你会得到补偿的，我会尽可能满足你的要求，因为你是那样漂亮温柔，又是那样彬彬有礼。"

一段时间之后，女友得到了她想得到的别墅、豪车和一部分钱。

办理完财产转移的手续，丁蜂身心轻松地说："一无所有的感觉真好，除非是真正的诗人和艺术家，一般人无法体会这种幸福。"

前女友看着他，感到自己确实无法理解他的想法。

他点点头说："我曾经与黄先生打了个赌。我对他说，如果你愿意一无所有地与我回到诗人街，我可以保留财产，和你结婚，从此过着淡泊名利、平静如水的、诗意地栖居的生活。为了真正的爱情，我也并非不可以改变我的想法。可是以我对你的了解，你不会那样选择，果不其然，不过这样也好……"

前女友点头说："是啊，这样最好。我不能可耻地妨碍你过理想的、简单的写作生活。实话说，你骨子里是个好人，可我早已受够了你表里不一。你非要做出一无所有的选择，我又怎么好意思不成全你呢？"

"好吧，我打心里祝福你能够在这个俗世上混得如鱼得水。"

"再见，我的前男友，好走不送。"

丁蜂提着简单的行李，告别了他富有的生活，离开熟悉而又陌生的漂亮女友，又像个穷人一样慢慢走回了诗人街。

尽管诗人街也有着充满各种问题的人，但毕竟在那儿生活的人都热爱着诗歌与艺术。

　　一段时间之后，他感到自己身体里的毒彻底消失了，他的心中开始涌现出一股清冽的泉水，而那透明的水化成一行行诗句，在他的想象中朝着四面八方淙淙流去。

　　他向朋友们朗诵自己写下的诗行，感到每吸一口新鲜的空气都有着一种难以说出的幸福。他明白那种特别的幸福是金钱与盛名所无法换来的，可惜世间有太多执着于名利的人不明白这个道理。

孙一川先生

不要温顺地走进这个良夜，激情不能被消沉的暮色淹没星际穿越。

——狄兰·托马斯

还很年轻的时候，孙一川先生便成了一位有名气的诗人。可写诗不能当饭吃，他在人生的道路上拐了个弯，成了一位相当成功的商人。金钱几乎满足了他所有的欲求，却无法满足他成为一位大诗人的理想。

五十岁生日那天晚上，他特意找来一些诗歌写得相当不错的朋友，并在诗人街最大的饭店诗人饭店举杯向他们宣告，他决定放弃做得风生水起的生意，回归诗歌。他想充满激情地去活着，活出自我，最好能活成一道道闪电，一声声雷鸣。因为他越来越感到自己在苍茫的世界上、喧嚷的城市中，那颗赤子之心在即将变得苍老的躯壳里，没有了不可遏止的对真理的探求，对纯真爱情和诗意人生的追求。虽然已拥有的财富可以让他要风得风、要雨得雨，可他仍然活在现实生活的庸常与沉郁里，活在精神的枯萎与内心的苦闷中，显得死气沉沉，了无生气。

他的朋友、著名诗人月印却笑着说："一川兄，我为你的这番话感动。以你早年向我们展示的诗歌才华，和现在花不完的钱，你完全可以衣食无忧地投入到诗歌事业当中去，有机会成为我们这个时代里最顶尖的诗人之一。不过我也准备改变了，我要变成通晓人情世故、也适当投机取巧的人。我必须向你们有钱人学习，不学不行。如果说现在还可以混的话，到老了靠什么活着？写诗能让我生活得有保障吗？所以我得随波逐流，得学乖一点，至少得装着站在有钱有势的人一边，以便别人吃肉的时候我也能有口汤喝，别人发财时我也能有机会存点棺材本。我曾有过为诗痴迷的阶段，那时为了写诗可以放弃正式的工作，可现在我明白了，在这个经济社会中谁会在乎一个穷诗人呢？不是我吹牛，头几年我写出诗坛评价颇高的'悲歌系列'，这组诗的价值不低于屈原的《离骚》。可是又有几个人能认识我的价值？谁会因为我写出那样好的诗给我一百万、一千万？我不能一味地沉浸在诗中，不能整天看不惯这，看不惯那，有钱有势的人不会愿意带着一个牢骚满腹、整天抒情的诗人玩。当然，我的内心一直是清醒的。我会在夜深人静时揣着一杯国外原装进口的高档红酒，望着月亮里的老情人想事儿。我会想，人类共存的自由世界为什么有那么多血迹斑斑的绳索？那么多卑微善良却又贫苦无望的人为什么会被有形无形的鞭子抽打着挣扎呻吟？在充满爱与文明的人间为什么有那么多为富不仁、冠冕堂皇的骗子？"

一位年轻的诗人笑着说："月印先生，你还好意思跟人家屈原相比，你已经被现实给改变了。你现在既不能像杜甫那样写出'朱门酒肉臭，路有冻死骨'的诗，也不能像李白那样写出'安能摧眉折腰事权贵，使我不得开心颜'的诗，你的改变是有道理的，面对这个物欲横流的大时代、大都市，谁能做到两手空空？不过我们身边还是有些特别的人，例如老武先生，他为了爱情与人私奔又回到诗人街，现在追求简单的生活，恨得一无所有，这种转变确实令人佩服。还有身上有毒的丁蜂先生，他放弃了别墅、豪车以及当演员的漂亮女友和数不清的追随者，却跟我们这些人虚度光阴，这确实令人不可思议。现在又有早年就开始资助蜗牛书吧诗人聚会的孙一川先生，他刚才说决定从商海的大潮上爬出来，重回归缪斯的怀抱，对于他，对于我们，对于这个需要诗意的世界来说，这总归是一件好事。来，为了诗，以及诗意的人生，我敬大家一杯。"

月印喝光了杯中的酒，点了点头说："诗人街确实是个特别的地方。以恋爱为职业的小青、追求失败的康桥、崇尚慢生活的蜗牛、喜欢走路的老樊、由胖变瘦的贵妃、教人写诗的李多多、想要写出一首真正的好诗的舒那、活成了诗歌的张叶、以推销诗集为生的余发生、有信仰的宋唐诗、让人舒服的小舒、像追求爱一样追求与妻子离婚的李更、相信魔法的许可等等，这些人都是特别的、有趣的、鲜活的、有着梦想和追求的，我也有幸成为诗人街的一员。其实我想一直坚持当一位纯粹的诗人，可又不想再和以前那样靠举债度日。我都五十多岁了，还没有结婚成家。虽然我先后有过几位女友，可她们最终都嫌我是个穷诗人而不愿意嫁给我。可以说我的前半生为诗所累，我的后半生不能再那样下去了。这两年我在富人云集的商会工作，天天和那些有钱人打交道，人家一个鱼缸比我住的房子还大，里面的几条鱼价值几千万。当时我想，我一个穷酸诗人在那些有钱人面前算什么啊，我不过是个没有见过世面的、微不足道的像蚂蚁一样的小人物。我们这个时代也不像以前了，我也不可能成为李白、杜甫、苏东坡了。所以我决定改变自己，虽然我不一定能够像别人那样发财，但至少要靠工作来养活自己，把日子过得有点亮色吧。"

孙一川回到家里时已是凌晨一点。他对还没入睡的妻子坦诚了自己的想法。虽然喝了不少酒，可他思路还是相当清楚。

他真诚地说："这么多年下来我对你的爱变成了亲情，可当我拥抱着你的时候却没有了心动，吻着你的时候如同没亲吻，在一起时却如同没在一起。我们不过是在继续早就不该继续的那种合法的，但从人性的、自我的角度来讲却不再道德的生活。我们如同对方的笼子把对方关了起来，我们彼此属于、彼此敬重，我们过去所积淀下来的一切，让我们可以为对方献出生命，但我还是要以你爱人和亲人的名誉，请求你同意和我离婚。为了我，也为了你。因为我们不能一味为彼此活着，我也不能一味地为赚钱活着，像很多人那样活着，活得只剩下了空壳。我曾是一位优秀的青年诗人，现在决定重新写诗，因为写诗才是我真正想做的事。现在我只需要在诗人街的那套房子，有一笔够我简单生活的资金，以后我们所有的财都归你和我们的女儿支配。她现在已长大成人，相信她最终也能理解我的选择。现在我已经五十岁了，再过十年二十年就会变小老头，我不想回首往事的时候留下遗憾，我要努力成为一名真正的诗人、大诗人。我也想撕下面具，放下没完没了的生意应酬，真实淋漓地活着，活出真正的自我。也许我这个决定在你、在一些人看来不一定正确，但我还是希望你能同意。你先不用回复我，等想好了再做决定。"

　　一周后，孙一川的妻子同意了和他离婚。只是那天晚上，她希望他能用心地再爱她一次。两个人穿着睡衣躺在床上，倾心交流着过去曾经美好的时光，带着说不出的伤感，相互抚摸和亲吻着对方，而那场仿佛穿透了过去、现在和未来的欢爱，让他们的肉体在彼此的感受中变得明亮而又温暖。孙一川先生感到身体里有一片片落叶、一团团雪花一般的东西在飘落，渐渐覆盖了大地一般的空茫与苍凉。他为此流下了莫名的眼泪。妻子在昏黄的灯光里看着他，像看着自己不听话的孩子。

　　妻子说："有人说，对于女人，男人既像她的孩子，又像他的父亲，她爱着他就像爱自己的生命，我对你就是这种感觉。爱情是短暂美好的，我们经历过了。我理解人的不满足，和你一样厌倦一成不变的生活，因此我承认你说得有一定道理。但是，这说明了我们还不够强大。我认为，只要用心去想象，只要我们认真正视我们曾经和现在依然相爱的现实，只要我们甘愿放下一些多余的东西，以及不现实的愿想，我在你的眼里、心里，依然会是那个刚认识你时两颊飞红的、害羞的、漂亮可爱的姑娘。虽然我不再年轻，身体不像以前那样结实饱满，也不再像过去那样单纯简单，可人是有灵魂的，我能感受到我爱着你的灵魂依然是鲜活的、生长的。我本希望我们白头到老，谁料想你要与我分开，去追求诗歌。我年轻时喜欢你的诗，这些年来也从未放弃阅读，我没有成为作家或诗人的才华，但懂得那些作家和诗人的追求，我喜欢有追求的人。好吧，我的儿子、我的父亲、我的爱人，无论你做出怎样的选择，我都支持你。我同意和你离婚，我希望你将来不要走得太偏，活得太过极端。当然，我也许会找一位年轻有趣的男士认真交往，也希望你能祝福我获得幸福和快乐。当他用年轻的身体拥抱我时，我会感激他的拥抱，当他像个小野兽那样要我时，我愿意给予他曾经给予你的我的全部。我会与他谈起你，谈起我和你的过去，并和他深入地聊一聊人生的局限性，以及人该如何看待自己和别人的一生。"

孙一川起身紧紧抱住了妻子说："谢谢你能这么说，我为能成为你的男人、你的爱人由衷高兴。我从来就不曾后悔和你相识相爱，成为一家人。只是就像人无法真正抵抗衰老一样，人也无法否认自己真实的欲求。我是不道德地渴望着年

214

轻而又充满活力的女人，并痴愚地相信她们可以给我带来激情与快乐。我现在还不知道会有谁在我的生命中出现，也无法想象将来会和她怎样，但我知道自己确实有着那样的渴望。你理解并允许我离开，离开我们共同营造的家，并向我坦诚你的想法，这让我相信你是一位完美的女人，我不该放手。但为了去体验新鲜的、未知的一切，为了诗歌，也为了我们彼此在将来各自有可能的改变，我还是要狠心离开。你知道吗，如果不是还有一些理性，我现在简直想要变得一无所有，变成一个流浪汉，甚至想结束生命以求得和你的圆满。但我知道你不想让我那样，你同意并想让我活出自我，成为一位真正的诗人。好吧，什么都不说了，让我用行动去证明自己。"

孙一川搬到诗人街的房子里，陆续买来古今中外大批诗人的作品，以及有助于他成为一位诗人的其他书籍。他废寝忘食地潜心研读，一段时间后渐渐找到成为大诗人的感觉。他让自己走出去，像年轻人那样激情满怀地与有可能与他交谈的人谈诗，谈一个人的内心世界与外部世界有可能产生的关系，以及人类所创造的精神文明与物质文明的如何作用于一位天才艺术家或一个普通人，人又当如何突破、成就、实现自己。他不断招集诗人聚会，请求诗人引荐另外一些诗人，为的是在和他们交流的过程中获得有益的影响。

有一天，在他举办的诗人聚会上，来了一位年轻漂亮、气质优雅、长发皮肩，有风情、有味道，名叫艾星龄的女诗人。孙一川读过她的诗作，认为她的诗见情见性，细腻而开阔，是真正投身诗歌事业的人所写的真正的诗。他没有想到她会给自己一见钟情的感觉。艾星龄对那时想要成为诗人、正在虚心四处讨教、相貌堂堂的孙一川先生也颇感兴趣。

聚会结束之后，孙一川先生冒着酒驾被抓的危险开车送她回家，两个人在路上聊诗歌、聊人生、聊各自的过去，聊天的过程中他们感到对方的电流不时冒着火花注入了自己的身体，而那种久违的感觉比诗歌还要美好。因为聊得太投机了，谁也不想离开。车到了艾星龄家的楼下，他不忍心让她下车。她也明白他的心意，用笑眼望他，像是鼓励他主动一些。他牵起她的手，吻了吻她的手背，一股淡淡的带着温度的芳香令他意乱神迷，令他忍不住得寸进尺。他用手捧住了她的脸，在车中灰暗的空间里用多情而专注的目光凝视着她，希望从她的脸上看到她的秘密。他想得到她的爱，并愿意在爱之中与她一起沦陷。他清楚地知道自己的妻子从木给过他这样的感觉。而她感受到他内心的火焰通过灼灼的目光逼迫着自己，这令她忍不住发出邀请。

"到我的家里坐一会儿，喝喝茶吧——你看你喝了酒还非要开车送我，回去的话万一被查到了呢？"

他求之不得地点点头说："好！"

上楼后她泡茶给他，看着坐在沙发上的他说："我知道你喜欢上了我或者说是爱上了我，不可否认你也让我有种恋爱的感觉。但是，你知道爱情这东西对于读过很多书，又有了一定生活阅历，洞悉人性阴暗面的，活生生的但会变化的，相当有限的我们来说是不太靠谱的。我不否认有那种地老天荒、海枯石烂的爱情，但我不相信那样的爱情会属于在这个飞速变化、人心变动不居的时代中摸爬滚打，伤痕累累，已经变得复杂了的我们。我们不可能强大和自信到可以用我们所热爱的诗歌，用我们自己小小的心来对抗一些无法绕开的现实，正如我无法相信自己可以和一位比我年轻十岁的小姑娘比美。哪怕是我们生活了多年的这座年轻的、还没有多少文化底蕴的城市，当我走在钢筋水泥筑成的高楼大厦中间，想象着自己是位诗人时，依然会有一种不自信的、陌生的感受，这让我无法相信会有那么一位男士会在这个时代，这样的城市怀着一颗赤子之心，不顾一切地爱上我，也让我能心安理得地接受他的爱，并使我心甘情愿地向他开放，向他呈现我并不完美的灵魂。"

他不时地点着头，喝了一口热茶说："我能理解你的说法，但你要明白的是，我看到感受到想象到的所有你的存在，都已经像一粒种子那样埋在了我心里，我的生命存在之中，只要再等些时间，再有些空间它就可以生根发芽，抽枝长叶甚至开花结果。这是一种美好的幸福的感受，我们一直在渴望这种感受。你的出现让我认为是上帝派你来到我的身边，我绝不可能轻易放走你，让你继续孤立无援地面对生活、面对诗歌、面对我们将来会共同面对的一些困难和问题。我们确实是活在有限的时间和空间，世界上也有些我们无法把握无法改变的事物，但我们却可以尽可能地自由选择，依心而活。而我们所爱的诗歌，以及我们创作诗歌的行动本身是一种成为上帝或与上帝对话的方式，我们并不像自己感受到的那样渺小，因为我们也可以是万事万物的化身。我们是有灵性的，我们生命中的爱与欲望配得上一个同样有着爱和欲望的活生生的人。既然我们都是这样坦诚的人，我愿意瞬间压缩我们之间的距离，而且我相信我们身体的相互体认可以帮助我们放下一切世俗的包袱，让我们以爱之名燃烧彼此。而这样行动的结果在将来也不需要结果，因为无论如何我们都活着自己并真诚地寻觅着与我们灵魂相近的人。"

孙一川先生站起身来走到艾星龄女士身边，他勇敢地用手捧起她有些苍白但美丽如花朵的脸颊，用自己充满爱欲的唇找到了她的唇，而相互亲吻的结果进一步引发了他们对爱的盲目渴求。时间在他们的身体中扭曲变形，赋予他们有限的生命时间以多重宇宙般的诗情画意。有着不同性别的两个人赤裸了自己，而合在一起的他们感受到彼此真实得令自己不敢相信。他们彼此奉献，而奉献的结果是爱，爱的旨意源于谁都不曾见过，但或许感受到过的上帝。那时的他们纯粹如同池中两朵静美的睡莲，一对畅游的鱼儿。他们忘记了曾在他们的生命中各自发生过的爱，忘记了生活的点点滴滴，现实里的种种困扰。那时的他们是纯粹的、美妙的，应该得到所有人的祝福。随着彼此畅意的吟唱，他们一起到达欲望的浪尖，尔后他们扭曲变形的时空渐渐平复下来。房间中弥漫着一股爱的气息，他们大口地呼吸着那种气息，感到自己像刚刚死去过一次又要迎接一次新生。

他说："哪怕我们这一生只有这么一次，我也已经心满意足。"

她说："不，我还想要你。"

"为什么？"

"从来没有一个人给过我这样的感受，你知道我现在想对你说什么吗？"

"你想说什么？"

"我想对你说一声谢谢。"

然而，一心想要成为大诗人的孙一川先生告诉自己，他不能一味沉浸在男欢女爱的美妙体验中。他感到自己肩负着成就自己、成为自己的使命，这使命谈不上光荣伟大却可以使他有可能从精神上、从人类整体性的存在中确立自己作为一个人、一个优秀的诗人的地位。这与虚名无关，这是他想要的生命要义。他经历过不少女人，明白再美妙的欢爱都无法彻底取消人生在世的孤独。他克制了与艾星龄的见面，用了半年的时间埋头创作，终于写了一首让他满意的长诗。

那首诗足足有五千行，他通过朋友送到出版社，却没哪位出版家慧眼识珠，愿意免费给他出版。好在他不差钱，便自费出版了那部长诗。当他带着对艾星龄女士美好的回忆联系她时，她却拒绝和他见面。理由是他说不理她就不理了，半年时间连个电话都没有，她不想再和他这种无情无义的人见面了。因为创作而消瘦的他却用疲惫的声音坦言，是她给了自己灵感和激情，才使他写出了那部将来必会流传后世、成为经典的长诗。如今诗作已结集出版，他想亲自为她送上一本，并与她深入聊聊自己创作的心路历程。既然如此，她便也只好放下对他的成见，和他见了面。他开着车，她翻阅着他的长诗，两个人 起来到了潮起潮涌的海边。

孙一川先生用手指着天际的大海说："瞧，海天相接处有一条若隐若现的线，在那条起伏不定的线上，有着人类共存在这个蓝色星球上的秘密。无论如何，我们没有理由不自由地、热烈地、充满敬意地爱着自己，也爱着所有的一切。我不否认两个人的爱是珍贵的、难得的，但这并不能说明两个人一定要自始至终地相爱。既然人想要爱得更多、更广，人又有什么资格永远享受着某一个人的爱呢？而那个爱着的人，为什么又非得在一棵树上摘果子吃呢？你看看大海，它是多么浩瀚，好像我们人类所理解不了的一切它都能理解和包容。"

她侧脸望着他说："事实上，在你埋头创作的这半年时间里我又喜欢过一个男人，并且和他在一起了。虽然没有和你在一起时的那种难以言说的美妙，但他却愿意陪伴着我。我所需要的不是一片大海，甚至也不是一个湖，而是一个小池塘，这也就够了。你的诗作我已看了一部分，我不喜欢你那种自以为是的语气。因为看了你诗，我怀疑曾经真的为你心动过、和你在一起过，甚至我会怀疑诗人、怀疑诗歌存在的价值。我决定暂时不写诗了，我想趁自己还年轻时和一个男人生个孩子，过普通人的生活。我想这才是一个人该有的人生。"

他意外地看着她的脸，想要看着她的眼睛，但她却望着大海，不愿意与他对视。他不太明白她为何有那样的传变，但当他重新把目光投入大海的时候，他已经不愿意想那么多了。

接下来的一段时间里，孙一川先生又有过几段新鲜的恋情，每一位和他在一起过的女士都让他写出了一首或长或短的诗。然而每一位女士在看到他写的诗后，都不愿意再和他继续保持亲密的关系。当他在夜深人静时回顾过去所经历过的一些人和事，他发现自己确实成了一位真正的、他想要成为的诗人。他注定是孤独没人理解的。他想，她们，那些曾经和他来电的、相爱过的女人，还有他的那些诗人朋友，无论如何都是活在自己的局限性中，他们受制于现实生活的困扰，受制于传统道德的禁锢，受制于自己的思想认识。他想突破那种局限，活得更加开阔。他想活得与众不同，活得特别。或许是出于对古代诗人的崇敬，他穿上了长袍大褂，留起了头发与胡须。由于他读了太多书，想了太多与诗相关的事，想与大家交流感受与认识，他在与诗友聚会的时忍不住高谈阔论，滔滔不绝。那样的他难免令人生厌，有对他不满的诗人与他一言不合就动起了手。打完架之后他却哈哈大笑，前嫌尽释地走过去和别人拥抱。他视金钱如粪土，不断地追求女人，大把大把为她们花钱，很快他的钱花光了，就连他住的房子也卖掉了。前妻得知他的情况，找到头发花白、胡子老长、不修边幅、喝得醉醺醺的他，想要带他回家，可他却拒绝了。

他轻轻摇着头说："不要让我回家，不要让我回去，我们原来的那个家已经不适合我了。我现在的理想是成为一个乞丐，因为我发现，只有乞丐才是真正地为自己活着，才活得和天上的星星那样自在。只是要活成一个真正的乞丐也并不容易，毕竟我还保持着一些理性。"

妻子说不动他，又动员漂亮的女儿来劝她的父亲。

他面带忧郁地说："你永远都是我最亲爱的女儿，但是你别想把我带回我们那个温暖的、衣食无忧的家了。我喜欢什么样的生活就请让我过什么样的生活吧。我就喜欢现在的活法，如果你还爱着我就给我这个自由吧。如果你无法理解我的现在，觉得和过去的我对不上号，你可以读一读我写下的诗歌，我就活在我写下的诗中。我将来还要写下许许多多的诗。你要想真正懂得诗、懂得你的爸爸，这需要你进行一定的阅读训练。你也不必懂得我，你可以去过你想过的生活，因为这个世界上除了诗，还有着很多诗一样的事物。"

穿着时尚、亭亭玉立的女儿看着自己的父亲，流下了伤心的泪水。她从自己开着的豪车里拿出一些精美的点心送给他，并给他留下了一些钱，难过地与他告别了。本来她想拥抱一下他，可她又觉得他不再是自己熟悉的爸爸，很可能仅仅是她名誉上的爸爸，是另一个人了。

诗人街上的人都觉得孙一川先生因为诗走火入魔，变得不正常了。但有了钱的他仍然会阔气地请大家喝酒，对大家说些高深莫测的、简直有些听了摸不着头脑的话。

他说："你们见过神仙吗？我是见过的，其实你们也是见过的，电闪雷鸣、狂风暴雨、日月星辰，以及街头的乞丐，等等，这些都是神仙的化身，都是神仙，每个人的身体里也住着一个神仙。你们看我是不是活得有些仙风道骨的模样了？"

有的人笑着点头，有的人忧郁地摇头。

他激情满怀地说："我放弃了开车，因为现代化的东西让我的时空变快，快得我来不及体验自己生命的妙趣。有时我会一直步行到远处的海边，在海边我会用想象把都市中的喧嚣幻化成大海的喧哗，把一个个都市人想象成海中游弋觅食的鱼类。我迷上了想象，也在有意识地把想象当成一门必修的功课。我认为想象可以让人变得强大，强大的诗人才有可能写出伟大的诗歌。我也并非全然超凡脱俗，譬如说我走路时会尽量目不斜视，仿佛我就是世界之王，四处乱看则有失我的威仪。可身边有漂亮的女子经过，我也会带着欣赏的目光多看上两眼。美是需要欣赏的，如果视而不见等于是冥顽不化。不过我看女人的眼光和以前大不一样，以前我是带着鲜明的渴望像动物一样去占有，现在我是以审美的眼光去欣赏。这并不是说我对女人没有了欲望，但要想成为大师，适当的抑制是相当有必要的。抑制的结果会让肉体对我产生不满，不满也没办法，要有成就必得修炼，尽可能地不受七情六欲的影响。我要超越自己，成为大诗人，成为我们这个时代里的大师。所有的大师都有种化腐朽为神奇的办法，我正在寻找那种办法。"

孙一川先生在诗人街上手捧一本诗集，突然就会停下来，像个雕塑那样长久地保持着阅读的姿势。一段时间之后他又突然哈哈大笑起来，笑得路过他的人莫名其妙。他怪异的行为被记者拍了照，上了报。因为他出版了那部长诗，还算是个名人，因此城市中的一些对诗歌有些兴趣的人会把他当成一个有趣的话题。不过，他的怪异行为实在让人难以理解，也难以接受了，原来与他一起喝酒聊天的诗人朋友怕别人认为自己也是个神经病，渐渐也都不太乐意搭理他了。但他有办法让大家关注他，围着他转。有一次他站在诗人街的一片空地上，展示他潜心修炼过的口技。他不断发出的怪异声音吸引了大家，大家把他围起来，笑着看他。他沉着脸，五官配合着脸上变化莫测的表情，身体一颤一颤地从喉咙里便发出长长的、高高的像狼一样的号叫声。他不断换气，面部表情怪异地变化着，又发出一连串怪异的声音，那声音像鹰唳、像猿啼、像虎啸、像熊吼。那一阵阵的怪叫声仿佛从遥远的草原天空、茂盛的大森林、深深的山谷转来，悬浮于天空中的河流，流向市井人声，流向众人。而他的身体起伏摆动着，像翻腾的、扑向礁石的阵阵波涛。

孙一川先生做着各种动作，发出各种声音，受到感染的人也开始摇摆着身体，跟着他发出各种奇怪的声音。大家的声音合在一起像大海里的波涛连成一片，使所有在场的人都产生了一种奇怪的感受。他们认为，人可以这样活，也可以那样活，每个人都可以活得与众不同，活成一个梦境。

由于孙一川先生特别的举动引起了越来越多的人关注，有些人开始找来他的诗作认真研读。著名诗人、已经投身商海却并没有把诗歌放下的月印先生，在读了他的诗之后，专门为他写了一篇诗评。他认为在鲜有大师出现的诗歌界，孙一川先生有可能是那个还没有被引起足够重视的大师。他用短短的时间在诗歌上所取得的成就让他怀疑自己是否还有必要在生意场上浪费时间和生命。

月印请孙一川先生来自己办公室聊聊，没想到在去的路上，孙一川突然被一辆失控的货车给撞上了。

孙一川先生被送到医院，前妻闻讯赶来。

前妻紧紧地握着孙一川先生的手，满脸痛惜的表情望着他，就像望着自己不听话、不争气的孩子。

孙一川先生想要安慰前妻几句，可他笑着对她说话时，她的眼泪却"噗嗒噗嗒"地落了下来。

看着泪流满面的前妻，那一刻，孙一川先生感到自己对她太不公平了，自己做得太过分了。

不久，他的女儿也来了。

看着如花似玉的女儿，孙一川先生想，他并不后悔自己的选择，因为人人都有权力过他想要的生活，做他想做的事情。但是如果可以的话，他愿意离开诗人街，跟着前妻和孩子回家。因为他清楚，在这个世界上谁也不能说谁就永远不犯错误，谁也无法真正理解了自己和别人，因此他要理解和包容自己，也要理解和包容更多的人。只有如此，这个世界才有可能变得更加美好。